读客

读客科幻文库

跟着读客读科幻，经典科幻全看遍。

地海传奇 | 第④部 | Earthsea Cycle 4

地海孤儿

Tehanu

Ursula K. Le Guin

[美] 厄休拉·勒古恩 著
段宗忱 译

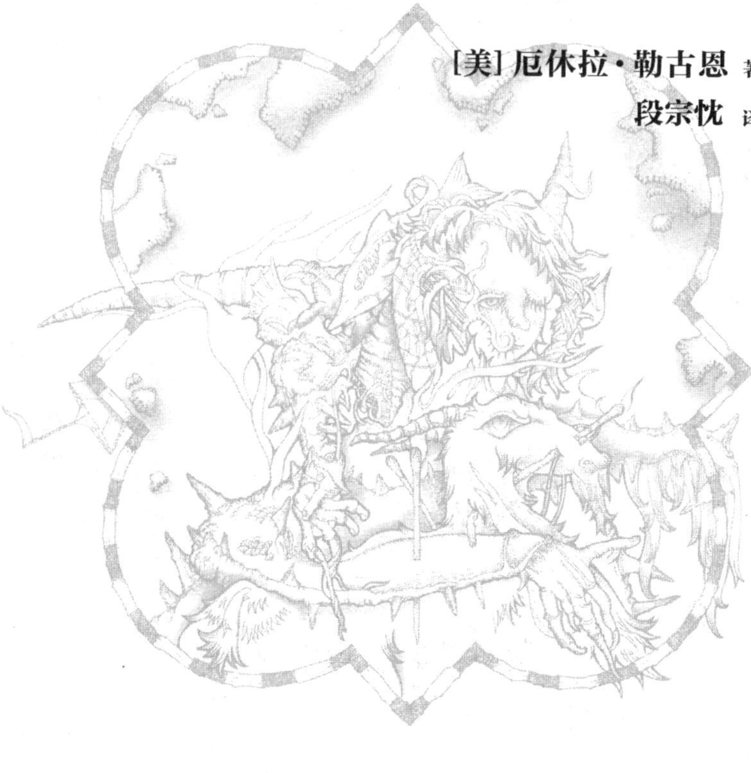

江苏凤凰文艺出版社
JIANGSU PHOENIX LITERATURE AND ART PUBLISHING, LTD

厚坚
博茨
乌扎
罗格
欧司可海峡
梭瑞司克
欧司可
挪斯特
碎石礁
依波司可
突普
拉英
德群岛
道恩
偕梅
西勒
德黑门
纳维墩
安丹登山
彼西
伊彼西
偕勒多
偕勒多之门
欧农
帕恩
革梅
贝茨
帕恩海
法力恩山脉
乌里
龙居诸屿
乌西翟洛
黎斯克
娄叟
耶逖
艾伯恩
托林峡
印嘎特
昂图哥
斜辟墟
托宁
下托宁
厚斯克
蟠多
奈墟
内极
西陲
开尔突
九十屿
卓干
柔克
阿林思
吉斯
安丝摩
邻开尔突
瑟得
法尔突
西姆利
帕迪
阿巴
瓦梭
节西济
沙岛
洛拔纳瑞
欧贝侯
南陲
威勒吉
长沙丘
远叟

鲸屿
寇摩寇米
施米奇
列夫
北恩瓦
南恩瓦
索特
别瑞斯韦
阿勒诺群岛
N
NW
NE
W
E
SW
SE
S
北 陲
可山脉
腓林斯
安卓群屿
内玄
英拉德之颌
北齿列屿
欧兰扎
南齿列屿
锐亚白
安卓
佩若高
胡珥胡
麦斯雷斯
卡 耳 格 帝 国
欧瑞尼亚
弓忒
东港
阿耳河河口
伊亚
坎渤
弓忒港
司贝维
珥尼尼
伊比亚
亚海
托何温
陵墓
阿瓦巴斯
峨团
巴尼斯克
瑞文尼亚山脉
卡瑞构
欧恩山
伊斯可
托里口
青伯口
黑弗诺大港
手岛
威岛
欧查德
飞克威
虚里丝
飞克威湾
撒丁
肥米墟
偶托克尼
威马施
芬围
米墟港
悦儿
佩丽蓝
斯乃哥
攸尼海岭
外依蓝
偶港
偶岛
封闭海
东 陲
意斯美
远托利
托壳
易飞墟
狗皮墟
扣儿圃
猴圃
攸尼
殷司莫
卡圃
纳密恩
塞力特列屿
阿普索
索德斯
弥斯克
罗洛梅尼
瓦梭
嘎勒
都涅
培拉莫
够斯克
大南礁
寇内
耳岛
埃斯托威
开 阔 海

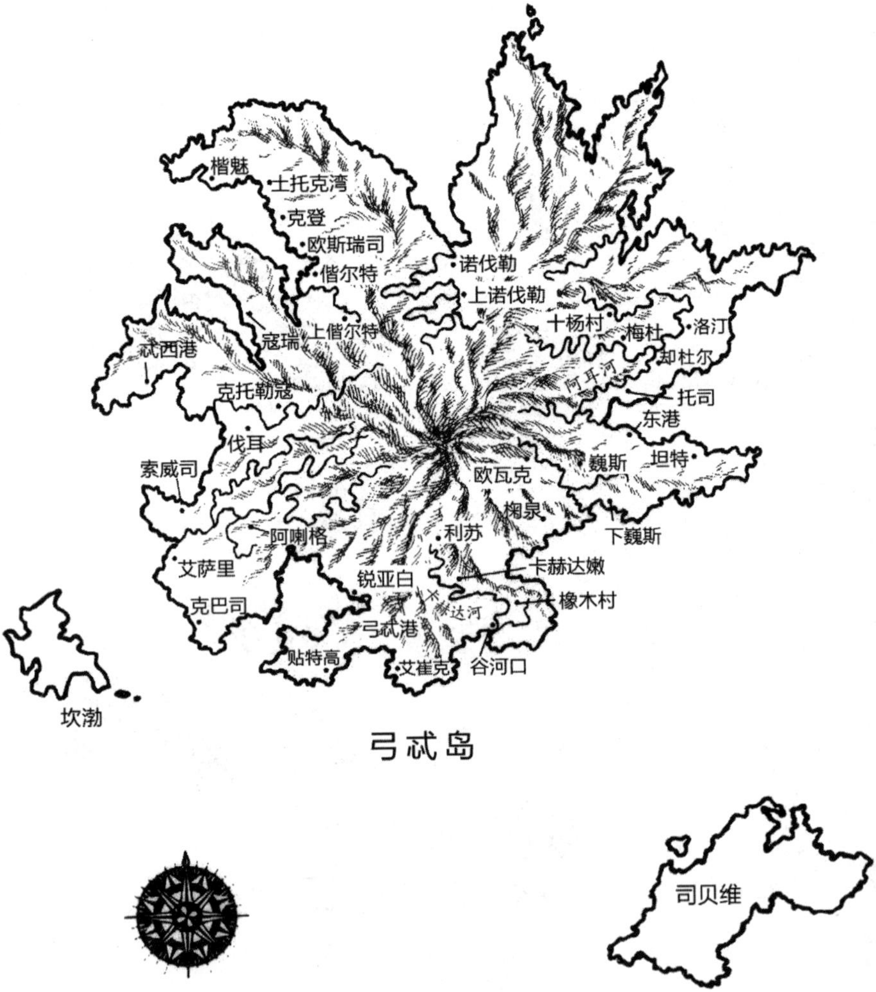
楷魅
士托克湾
克登
欧斯瑞司
偕尔特
诺伐勒
上诺伐勒
十杨村
梅杜
洛汀
却杜尔
阿耳河
托司
东港
坦特
巍斯
下巍斯
欧瓦克
瓯泉
利苏
卡赫达嫩
橡木村
达河
谷河口
艾崔克
弓忒港
锐亚白
贴特高
克巴司
艾萨里
阿喇格
索威司
伐耳
克托勒寇
寇瑞
上偕尔特
忒西港
坎渤
弓忒岛
司贝维

目录

第一章

坏事

A BAD THING

中谷的农夫火石去世后，他的遗孀继续住在农庄。由于儿子当了船员，女儿嫁给了谷河口的商人，因此她独居在橡木农庄。据说在她的故国，她也是个大人物，法师欧吉安过去常到橡木农场拜访她，不过这不算什么，因为欧吉安会拜访各形各色的小人物。

她有个外国名字，但火石叫她“葛哈”——弓忒岛上一种白色的小型蜘蛛，擅长结网。这名字很适合她，因为她皮肤白，人娇小，也擅长纺织山羊毛和绵羊毛。葛哈现在是火石的遗孀，拥有一群绵羊及一片牧草地、四块农地、一园子梨、两间出租的屋舍、一座位于橡树下的老旧石造农庄，还有山后的家族墓地，火石就葬在那里，土归其土。

“我老是住在坟墓附近。”她告诉女儿。

“妈妈，到城里来跟我们一起住吧！”艾苹说，但是寡妇不愿舍弃独居生活。

“或许过一阵子，等你生了孩子、需要帮手的时候吧。”她说道，愉悦地望着灰眸的女儿，“但不是现在，目前你不需要我，而且我喜欢这里。”

艾苹回到她年轻的丈夫身边。寡妇关上门，站在农庄厨房的石板地上。此时已是向晚，但她没点灯，只是回想自己丈夫点灯的模样：他的双手、火花、渐亮的火光下黝黑而专注的面孔。屋内沉寂。

我曾独自一人住在安静的房子中，她想，我再次过上了这样的生活。她点了灯。

在天气刚刚开始变热的那个傍晚，寡妇的老友云雀离开村庄，在尘土弥漫的小路上疾行。“葛哈，”她看见寡妇在豆园中锄草，唤道，“葛哈，出事了，一件很糟的事。你能来一下吗？”

“好。”寡妇回答，“是什么事？”

云雀喘了口气，调整了一下呼吸。她是个硕重朴实的中年妇女，名字与外貌一点也不搭，但她年轻时是个纤细漂亮的女孩，而且对葛哈很友善，从不理会那群对火石带回家的白脸卡耳格女巫闲言闲语的村民。从此之后，两人便成为朋友。

“有个小孩烧伤了。”她说。

“谁的小孩？”

“流浪人的。”

葛哈将农庄门关好，两人沿小路前进。云雀边走边聊，气喘吁吁，汗流浃背。小路两旁的密草散出细小的种子，粘在她的双颊与额头上，她边拨去种子边说：“他们整个月都在河岸草地上扎营。有个男人，自称补锅匠，但其实是小偷，有个女人跟他在一起。还有个男的，比较年轻，老跟着他们混。那几人完全不工作，光是偷窃、乞讨，或靠那女人吃饭。下游的男孩子常带些地里种的东西给他们，好跟她鬼混。你知道现在是什么年头，拦路抢劫的土匪又跑来庄子里，我要是你呀，在这年头，我可会把门锁牢。那小伙子进村子里来时，我正站在门前。他说：‘小孩不舒服。’我见过他们带着的小孩，跟只小雪貂一样，一眨眼就溜到一边去不见了，我都以为是看错了。我问他：‘不舒服？发烧吗？’那家伙说：‘她自己生火弄伤的。’我还没准备好跟他一道走，他就跑了，不见了。等我走到河边，那对男女也不见了，整个河岸上空空荡荡一个人影儿都没有，他们的猎网跟垃圾也都不见了，只剩一堆营火还冒着烟，然后就在那旁边……她倒在里面……在地上……”

云雀走了几步，没说话。她直盯着前面的路，不看葛哈。

“他们连条被单都没帮她盖。”她说道。

她大步向前。

“她被推入还烧着的火堆。”她说道，咽了咽口水，拨去粘在炙热脸庞上的种子，“也许她是跌进去的，但如果她醒着，至少会想法子避开。我猜他们大概打了她一顿，以为把她打死了，又想隐瞒他们对她做的事，才……”

她又顿了一下，才继续说：“也许不是他做的，也许他把她拉了出来，毕竟是他来求救的。一定是她父亲干的。我不知道，管他的。天晓得？谁在乎？谁能照顾这孩子？谁知道怎么做？”

葛哈低声问道：“她能活吗？”

“可能吧。”云雀说道，“她或许撑得住。”

过了一阵子，两人进了村子，云雀说道：“不知为什么我觉得非找你来不可。亚薇已经到了，我们无能为力。”

“我可以去谷河口请毕榉过来。”

“他也无能为力。已经不是……不是人力所能帮上忙的了。我帮她弄暖身子，亚薇给了她一帖药，还下了安眠咒，然后我抱她回家。她一定有六七岁了，但还没一个两岁的娃儿重。她一直没完全醒过来，却发出一种嘶喘……我知道你也无能为力，但我想找你来。”

“我想来。”葛哈说道。但在进入云雀家之前，葛哈畏惧地闭上眼，屏住呼吸，定了定神。

云雀已把孩子驱出屋外，房内静悄悄的。那孩子躺在云雀床上，昏迷不醒。村内的女巫亚薇已在轻微灼伤处敷上金缕梅和痊愈草制成的药膏，但右脸、右头部和伤至见骨的右手未做任何处理。她在床上绘出庇耳符，仅此而已。

“你能帮帮她吗？”云雀悄声询问。

葛哈低下头望着灼伤的孩子，她的双手毫无动静。葛哈摇了摇头。

“你不是在山上学过医术吗？”痛苦、羞愧、恼怒自云雀口中而出，乞求一丝解脱。

“连欧吉安都无法医治如此重的伤。”寡妇说道。

云雀别开头，咬住下唇，开始啜泣。葛哈抱着她，轻抚她灰白的头发。两人相互扶拥。

女巫亚薇从厨房走入，见到葛哈时皱起了眉头。虽然寡妇既未诵咒，也未施法，但据说她刚到弓忒时，作为法师的养女住在锐亚白，而且也认识柔克大法师，她无疑拥有深不可测的奇特力量。女巫似乎唯恐失去自己的地位，走到床边四处拨弄，在小盘中堆了些东西点燃。在烟雾及熏臭中，她一遍又一遍不停念诵愈咒。腥臭的草药烟雾使烧伤的孩子咳嗽出声，瑟缩颤抖地半坐起身。她开始发出嘶喘声，呼吸急促、简短又沙哑，一只眼睛似乎望向葛哈。

葛哈向前，握住孩子的左手。她以自己的语言说话：“我曾服侍它们，也离开了它们。”她说道，“我不会让它们夺走你。”

孩子望着她，抑或望着虚无，试着呼吸，又试一次，再一次。

第二章

前往隼鹰巢

GOIN TO THE FALCON'S NEST

一年多过去了，在长舞节庆典之后那炎热漫长的日子里，一名信差自北而来，下到中谷，要找寡妇葛哈。村人将他引至小道。傍晚，他来到橡木农庄。他是名脸瘦眼尖的男子。他看着葛哈和她身后羊圈里的羊群，开口说道：“不错的羊啊。锐亚白的法师要你过去一趟。”

“他派你来的？”葛哈问道，既怀疑又觉得有趣。欧吉安要找她时，有更快、更合适的信差——召来的老鹰，或只是他的声音安静地问道：“你愿意来吗？”

那人点点头，说：“他生病了。你肯卖小母羊吗？”

“不一定。你想要的话可以去跟牧羊人谈谈，他就在栅栏那边。你想吃点晚饭吗？要的话，你可以在这里过夜，但我等会儿就要上路。”

“今晚？”

她略为轻蔑的眼神中，这次毫无笑意：“我可不会呆坐在这里。”她与老牧羊人清溪谈了两句，然后转身走入山丘上橡树丛旁边的房子。信差跟着她进去。

铺着石板地的厨房中，一个令他只匆匆一瞥就急忙掉开眼光的孩子，为他送上牛奶、面包、奶酪及绿洋葱，然后一语不发地走开了。孩子回到妇人身边，两人都穿着旅行便鞋，拿着轻便皮袋。信差随着她们走出屋子，寡妇锁起庄门。他们同时出发，因为传递欧吉安的口信，只不过是为锐亚白领主添购种羊之外的举手之劳。妇人及灼伤的孩子在小径转向村落的路口向他道别。她们沿着他的来时路向北，然后转西进入弓忒山山脚。

两人沿路而行，直到漫长的夏日余晖开始暗沉。她们离开窄路，在林荫下的小山谷里扎营，急湍却安静的小溪在旁汩汩流逝，倒映出柳树丛间的灰茫夜空。葛哈用干草与柳叶堆成野兔窝一样的床，藏匿在树丛间，然后将孩子包裹在被中，让她躺下。她说：“现在你是个蛹，到了早上，你会变成蝴蝶，破蛹而出。”她未生火，只裹着披风，在孩子身边躺下，望着一颗颗星星逐渐亮起，听着小溪低吟，直到睡去。

两人因清晨前的寒冷而苏醒。葛哈生了一小堆火，热了一平锅水，为两人准备麦粥。残破的小蝴蝶从蛹中颤抖而出，葛哈把平锅放在露湿的青草上冷却，好让孩子端着平锅喝粥。她们再次上路时，峻耸晦暗的东方山肩已然亮起。

孩子易疲累，她们便整天缓行。妇人的心渴望快，但她步履缓慢。她无法长时间抱着孩子，为了让孩子走得更轻松，她为孩子说故事。

“我们要去探望一个人，一个老人，名叫欧吉安。”她们疲累地走在穿越森林的蜿蜒小径上，“他极为睿智，而且是名巫师。瑟鲁，你知道巫师是什么吗？”

也许这孩子曾有名字，但她不记得，或者是不愿说。于是葛哈叫她瑟鲁。

瑟鲁摇摇头。

“嗯，我也不知道。”妇人说，“但我知道他们会做什么。我还小时——比现在的你大，但还算小——欧吉安曾是我父亲，就像我现在是你母亲一样。他照顾我，也试着教我一些需要知道的事。尽管他宁愿只身漫游，但他仍陪在我身边。他喜欢走路，走在像我们现在走的路上，还有森林和荒野。他走遍整座山，观看、倾听。他总是在倾听，因此人们叫他‘缄默者’。但他会跟我说话。他会说故事给我听，不仅是每个人都会听到的故事，像那些英雄国王行谊，或外地的古老传说，还有一些只有他知道的故事。”她一面前行，一面继续说，“我现在要给你讲其中一个故事。

“巫师会做的一件事，就是变成别的东西，换成另一种形体。他们称之为‘变形’。普通术士可以将自己变得看似他人，或是像动物，所以你会突然疑惑自己看到了什么，简直像他戴上面具一般。但巫师及法师会做的不只是如此，他们可以变成面具本身，真正地变成另一样生物。所以，如果巫师想渡海却没有船，他可能将自己变成海鸥飞过去。但他要很小心。如果一直当鸟，他会开始照鸟的方法思考，然后忘了人如何思考，结果成了真正的海鸥，永远变不回人。据说曾经有位伟大的巫师，喜欢把自己变成熊，变了太多次后，结果杀死了自己的小儿子。别人只好猎捕他，把他杀死。但欧吉安也总把这当笑话，有次老鼠跑到他橱柜里，咬坏奶酪，他用个小小捕鼠咒抓到一只，然后就这么拎起老鼠，看着它的眼睛说：‘我告诉过你，不要变老鼠！’有一瞬间，我还以为他是认真的……

“总之，这故事跟变形有关，但欧吉安说这已经超越他理解的所有变形，因为这是两种东西、两种生命，同时存在于一个形体里，他说这超越了巫师的力量。他在弓忒西北岸的一个小村庄，一个叫作楷魅的地方，遇见过这样的生命。那里有个妇人，一个老渔妇，既非女巫，也不通晓法力，但她会编歌，欧吉安就是因为歌才认识她的。他在那附近一如往常地漫游，沿海岸而上，倾听。然后他听到有人唱歌，或许正在补网或修船，一边工作一边唱：

西之西处

大陆彼方

我族飞舞

乘驭他风

“欧吉安同时听到了词跟曲，但这词跟曲他都没听到过，便问这歌从哪里来。一连串的询问带他找到一个人，那人说：‘喔，这是楷魅之妇作的歌。’于是他到了楷魅，也就是那名妇人住的小渔港。他在港边找到她的房子，然后，他用巫杖敲门。她出来，开门。

“你记得吧，我们在讲名字时，小孩有乳名，每个人也有通名，或许还有绰号。不同的人会用不同的方法叫你。你是我的瑟鲁，等你再大一些，或许你会有个赫语通名。当然在你成年时，如果一切顺利，你会获得你的真名。一位拥有真力的人会赋予你名字，可能是个巫师或法师，因为命名是他们的能力。这名字你可能永远不会告诉别人，因为你的真实自我就存在于你的真名中。这是你的能力、你的力量，对别人来说，既是危险也是负担，只有在绝对必要以及信任下，才能给予别人。但伟大的法师知晓万物真名，可能无须你告诉他，就会知道。

“所以伟大的法师欧吉安，站在海墙边的小屋子门口，那名老妇把门打开。结果欧吉安倒退一步，他举起橡木巫杖，抬起他的手，像这样，就像要躲开好烫的火。他又惊又惧地大声说出她的真名——‘龙！’

“他告诉我，在那一瞬间，他看到站在门口的根本不是女人，而是一簇耀眼烈火与闪耀金甲、利爪，以及龙的大眼。据说，你不可以直视龙的眼睛。

“然后，一切消失不见，他看到的不再是龙，而是一个站在门口的老妇，有点驼背，个子很高，长着一双大手。他们对望。接着她说:‘请进，欧吉安大爷。’

“于是他进去了。她请他喝鱼汤，接着两人一起吃饭，然后在她的火炉边聊天。他以为她一定是变形者，但他不知道，她究竟是可以将自己变成龙的女人，还是可以将自己变成女人的龙。他终于问她:‘你是女人还是龙？’她没回答，但说:‘我唱个故事给你听。’”

瑟鲁鞋子里卡了颗小石子。她们停下来清除，然后非常缓慢地继续前行，因为丛林夹道的岩石小路愈来愈陡。树丛中，蝉在炎夏里唱歌。

“她唱给欧吉安听的故事是这样的：

“兮果乙在时间之始，将世界上的岛屿从海中抬起时，龙最先从陆上及吹拂陆地的风中出生，《创世之歌》是这么说的。但她的歌也说，在一切的起源，龙与人是一体的。他们是同一群人、同一族，背有翅膀，说着真语。

“他们美丽、强壮、睿智、自由。

“但时间会让一切事物产生变化。所以在龙人中，有的愈来愈爱飞行和荒野，愈来愈不愿意参与创作或学习，对房屋及城市也愈来愈不在意。他们只想飞得更远更远，终日打猎及猎食，无知无谓，寻求无限度的自由。

“有些龙人则变得对飞翔毫不在乎，但喜欢搜集宝藏、财富、创作和知识。他们建造房子与收藏宝藏的堡垒，好将获得的一切都传给孩子，他们的欲求越来越多，还渐渐害怕那群野蛮的龙人，因为他们可能恣意凶猛地飞来，毁坏所有珍宝，一把火将一切烧尽。

“野蛮的龙人天不怕地不怕，他们毫不学习。由于他们无知无惧，无翅的龙人便将他们像动物一般猎捕。被刺杀时，他们完全无力拯救自己，但其余龙人会飞来烧光美丽的房子，毁坏、屠杀。不论是野蛮或睿智，最强的一群龙人总是最先互相残杀。

“最害怕的那群则躲避打斗，无法再躲藏时，他们逃离争斗。他们使用创造的技能来建造船，然后往东方驶去，远离西方小岛与在倾圮高塔间争战的翼族。

“因此，曾经是龙也是人的一族分裂了，变成了两族：龙愈来愈少，愈来愈野，住在西陲的遥远岛屿，因为无尽无知的贪婪、怒意而分崩离析；而人类聚集在富裕的乡镇城市中，占据内环诸岛以及南方、东方所有岛屿。但其中仍有保留了龙之智识——创生真语——的一群，就是巫师。

“但，歌曲唱道，我们之间还有一些知道自己曾经是龙的人，也有一些龙知道他们与人类的关系。而且，即使一族人变成了两族，也有一些依然既是龙也是人，他们依然拥有翅膀，但不是飞向东方，而是更西，跨越开阔海，到达世界彼端。他们在那儿和平居住，是既狂野又睿智的伟大翼族，有着人的脑及龙的心。因此她唱着：

西之西处

大陆彼方

我族飞舞

乘驭他风

“然后她以此作结。这就是楷魅之妇的歌谣中所说的故事。

“然后欧吉安对她说：‘我第一眼看到你时，看到了你真正的模样。那位坐在炉火边、与我面对面的妇人，只不过是你穿着的一件衣服而已。’

“但她摇摇头，笑了，只说：‘有这么简单就好了！’

“过了一阵子，欧吉安回到锐亚白。他给我讲了这故事后，对我说：‘从那天起，我就开始想，有没有人类或龙到过西之西处？我们到底是谁？完整的我们到底在哪？’……瑟鲁，你饿了吗？上面那里，那个路弯处，看起来好像蛮适合坐着休息。也许我们可以从那里看到山脚外更远的弓忒港。那是一座大城，比谷河口更大。到弯口时，我们可以坐下歇会儿。”

从山路高处拐弯的地方，她们可以通过广幅林坡、多岩草原，直望到海湾边的城镇，以及守护海湾入口的险崖；而漂浮在深暗地海上的船只，有如木屑或水甲虫。小路前方远处再高些，有片陡崖自山边突出——那是高陵，再往上是锐亚白镇、隼鹰巢。

瑟鲁没有抱怨，但当葛哈说：“我们上路了，好吗？”坐在小路上、背衬海天交际的孩子摇摇头。阳光炽烈，且自从在小山谷用完早餐后，她们已经走了很远的路。

葛哈拿出水壶，两人再次喝了点水，然后她拿出一包葡萄干跟核桃，交给小孩。

“已经看得到目的地了，”她说，“希望我们天黑前就可以到达。我很想见欧吉安。我知道你很累，但我们可以慢慢走，晚上就会到那儿，那里既安全又温暖。收好袋子，把它塞在腰带下，葡萄干会让你的腿更有力。你要不要一支木巫杖，像巫师的一样，可以帮你走路？”

瑟鲁一面咀嚼，一面点头。葛哈拿出刀子，为小孩劈下一段健壮的榛树枝；她又看到一棵倒在路上的赤杨，便折断一根长枝，削去多余的树皮枝叶，也为自己制作了一根轻便拐杖。

她们再度上路。孩子在葡萄干的效力诱导下，也拖着脚慢慢走。葛哈唱歌作娱，有情歌、牧羊歌，还有在中谷学到的叙事诗。突然，歌声戛然而止。她停了下来，伸手作势警告。

前面路上的四个男人已经看到她，就算躲在树林里等他们动身或经过，也来不及了。

“是旅人。”她小声告诉瑟鲁，继续往前走，紧握手中的赤杨木杖。

云雀对于盗贼团及小偷的言论，不仅是老一辈“世风日下”“末日近了”的怨言而已。过去几年来，弓忒的城镇及乡村间已丧失和平与信任。年轻男人像外地人一样对待同乡，糟蹋他们的好客善意，偷窃、销赃。以前鲜有的乞讨者现在随处可见，而一些不知满足的乞丐还以暴力恫吓。妇女不敢独自走在街道上，也对失去这自由感到十分不悦。有些年轻女孩加入窃贼及盗猎集团，却常一年内就返家，饱含怨气、伤痕累累，还怀了身孕。而村庄术士及女巫间，则谣传他们的法力变得不对劲：一向有疗效的咒文不再有疗效；寻查术一无所获，或所获非物；爱情灵药不再让男人陷入欲望深渊，却造成了毁灭性的妒恨；更可怖的是，有人不了解法术之道、之法、之限，以及逾越后将招致的恶果，却自称拥有力量，对他们的追随者许诺难以想象的财富、健康，甚至长寿。

葛哈村庄的女巫亚薇曾谈到法术的式微，谷河口的术士毕榉也如是说。毕榉是个敏锐而谦逊的人，曾为治疗瑟鲁的烧伤及痛楚尽一己之力。他对葛哈说道：“我以为这类事情发生时，毁灭的时代必已到来，是纪元的终结。黑弗诺的王座已经空置几百年了？不能再这么下去，我们必须回到中心原点，否则终将迷失，岛岛相怨，人人相恨，孩童相斗……”他瞥了她一眼，似乎有点胆怯，但眼神依然澄澈敏锐，“厄瑞亚拜之环已重返黑弗诺塔，”他说道，“我知道是谁将它带去……那是个征象，必定是。那征象代表将来临的新纪元！可是我们没有付诸行动。我们没有王，我们没有中心。我们必须找到我们的心、我们的力量。或许大法师终将会采取行动。”他又信心满满道，“毕竟他是弓忒出身的。”

但大法师的行迹，或黑弗诺的王位继承人，依旧杳然无踪，而一切继续颓坏。

因此，葛哈带着恐惧及冰冷的愤怒，看着前方四个男人两两左右分开，迫使她和孩子从他们中间穿过。

她们继续前行，瑟鲁紧贴在她身后，头压得低低的，却没有牵她的手。

其中一个长得颇为壮硕、蓄着粗黑长须的男人，咧开嘴轻笑，准备说话。“喂！”他说。但葛哈同时出言，更大声说道：“走开！”她把赤杨杖如巫杖般高举，“我与欧吉安有事相谈！”她大踏步穿过他们，瑟鲁小跑着跟在她旁边。那些人挺立不动，把虚张声势误以为巫术。欧吉安的名字或许依然有其力量，抑或是葛哈自身，也可能是孩子内在的力量。因为在她们走过后，一人说道：“你看到没？”然后往地上一啐，做了个避邪手势。

“女巫跟她的怪物小鬼，”另一人说道，“让她们走吧！”

其余人懒懒地离开时，一个戴着皮帽、身着背心的男人，直瞪瞪地望了一会儿，神情既苍白又震惊。他似乎想转身跟上那女人及孩子，这时嘴上有长须的人对他喊道：“悍提，走啦。”他依言照做。

一过转角，离开他们的视线，葛哈便抱起瑟鲁，急急前行，直到她不得不放下她，站着喘息不已。孩子既未发问，也不拖延。一旦葛哈可以再度上路，孩子便用尽全力快步向前走，握着她的手。

“你红红的，”孩子说，“像火一样。”

她很少说话，声音也不清晰，听起来十分嘶哑，但葛哈懂。

“因为我生气。”葛哈说着，仿佛在发笑，“我生气时，就会变红。就像你们这红人族，像西方的蛮人……你看，前面有座小镇，一定是橡木泉。那是这条路上唯一的村庄。我们在那儿歇息一下，也许可以买到一些牛奶。然后，如果还撑得住，如果你觉得你可以走到隼鹰巢，希望我们日落时就可以抵达。”

孩子点点头。她打开装着葡萄干与核桃的小袋子，吃了几颗。她们继续疲累地走着。

两人穿过村庄，抵达欧吉安在崖顶的房子时，太阳早已落山。初星闪耀在西方海面高高升起的厚云堆上。海风吹拂，矮草低垂。一只山羊在低矮房屋后的草坪上咩咩叫着。唯一的窗户亮着微暗的黄光。

葛哈将她与瑟鲁的木杖靠在门边的墙上，握住孩子的手，敲敲门。

没有回应。

她推开门。壁炉的火早已熄灭，只剩灰烬，但桌上一盏油灯发出芥子般的细弱光芒。从远处角落地上的床垫那儿传来欧吉安的声音：“进来吧，恬娜。”

第三章

欧吉安

OGION

她让孩子在西边壁龛上的小床睡下，点起炉火，走到欧吉安的床铺旁，盘腿坐下。

“没人照顾你！”

“我让他们走了。”他悄声道。

他的脸庞如往常般黝黑坚实，但头发已稀疏发白，昏暗的灯火在他眼里映不出光芒。

“你可能会独自死去。”她怒气冲冲地说。

“那就帮帮我，让我死去吧。”老人说。

“还不是时候。”她乞求，弯下身将额头贴着他的手。

“不是今晚，”他同意，“明天。”

他抬起手，轻抚过她的头发，他只余这么多气力。

她坐起身。炉火点着了，火光在墙上、低矮的天花板上跳动，而长屋的角落暗影重重。

“如果格得能来就好了。”老人低喃。

“你找他来了吗？”

“失踪了，”欧吉安说，“他失踪了。云。雾笼大地。他去了西方，带着山梨树枝，进入暗雾。我失去了我的隼。”

“不，不，不，”她悄声道，“他会回来的。”

两人沉默。炉火的温暖渐渐渗透身体，令欧吉安放松，魂游在蒙眬之间，也让恬娜在一天跋涉后，得到舒适的休憩。她按摩双脚及疼痛的肩膀——瑟鲁为了赶上她的脚步而累得气喘吁吁，她只好抱着孩子爬完最后一段上坡路。

恬娜站起身，烧了点水，洗去一身旅尘。她热了点牛奶，在欧吉安的橱柜中找了点面包吃，然后回到他的身边坐下。他睡着时，她坐着、想着，看着他的脸、火光及影子。

她回想到，从前有个女孩如何坐在黑夜中静默、沉思：在很久以前，在很远的地方，一个女孩在无窗的房中，被教导自己是个被食尽的人、大地黑暗太古力的女祭司及仆人；一名妇人，在丈夫及孩子睡着后的农庄里，于平和沉静中醒着、想着，独处一小时；然后是名寡妇，带着烧伤的孩子来到这里，坐在垂死之人的床边，等待某人回归。如同所有女人、任何女人一样，做着女人的事。但欧吉安不以仆人、妻子或寡妇之名呼唤她；在护陵的黑暗中，格得亦未如此；而在比一切更久以前、更远之处，她母亲，只余那份温暖与棕红火光印象的母亲，给了她名字的母亲，也非如此。

“我是恬娜。”她悄声道。炉火吞熔一段枯槁松枝，蹿起金亮火舌。

欧吉安的呼吸转为急促，挣扎着吸取一丝空气。她尽可能帮助他，直到他稍转舒泰。两人都睡了一会儿，欧吉安在蒙眬的浅眠中，偶尔发出呓语，而她在一旁浅寐。深夜里，她听见欧吉安在大声说话，仿佛在路上遇见了朋友，“你在那里吗？你有没有见到他？”恬娜醒来去向炉火加柴时，他又开始说话，但这次仿佛对着记忆中多年前的人诉说，声调有如孩童：“我试着帮她，但房子的屋顶塌了下来，倒在他们身上。是因为地震啊。”恬娜聆听。她也见过地震。“我试着帮忙了！”老人心中的男孩痛苦地说着，然后再度开始嘶哑地呼吸挣扎。

天才刚亮，恬娜就被一种像是海涛的声响吵醒。是一阵翅膀拍击声。一群鸟儿低飞而过，鼓翼轰声震耳，快速掠过的影子遮蔽了窗户。它们似乎环屋飞行了一圈，随即便消失无踪，并未发出任何呼叫或高鸣，她也不知那是什么鸟。

当天早上，有人从远离欧吉安住处的锐亚白村北来访。来了一个牧羊女，一名妇人来为欧吉安的羊挤奶，还有人来问能为他做些什么。村庄女巫蘑丝摸着门外的赤杨枝及榛树条，满怀希望地从门口探看，但就连她都不敢踏入。欧吉安躺在床上低吼：“叫他们走！叫他们都走！”

他看起来有了点力气，神色也好些了。小瑟鲁醒来时，他以恬娜记忆中那种平淡、善良、安宁的方式对她说话。孩子到阳光下玩耍后，他才对恬娜说：“你给她起的那名字是什么意思？”

他通晓创世真语，但从未学过卡耳格语。

“‘瑟鲁’的意思是燃烧，点燃火焰。”她说。

“啊，啊。”他说，眼神发亮，皱起眉头。过了好一会儿，他仿若在寻找适当的字眼，“那孩子，”他说道，“那孩子，人们将会惧怕她。”

“他们现在已经怕她了。”恬娜苦涩地说。

法师摇摇头。

“教导她，恬娜，”他悄声道，“教导她一切！别去柔克，他们害怕……我为什么让你走？你为什么要走？为了带她来……太迟了吗？”

“镇静点，镇静点。”她温柔地说着，因为他挣扎地搜寻空气及字眼，但两者皆无。他摇了摇头，嘶喘道：“教导她！”然后安静地躺下。他不肯吃，水也只喝了一点点。中午时他睡着了。傍晚，他醒来，说道：“时候到了，女儿。”他坐起身。

恬娜握住他的手，对他微笑。

“帮我站起来。”

“不行，不行。”

“可以。”他说道，“外面。我不能死在屋内。”

“你要去哪里？”

“哪里都好。但如果可以，去森林小径。”他说道，“草原上的榉树下。”

她看到他能够起身，也执意要出门，只得帮他。两人一同走出门外，他停下来，回身检视屋内唯一的房间。门右方的黑暗角落里，他长长的巫杖倚立墙边，微微发光。恬娜伸出手，想把巫杖拿来交给他，但他摇摇头。“不是。”他说，“不是那个。”他再次四顾，仿佛找寻某种消失、遗忘的事物。“来吧。”他终于说道。

一阵宜人的风自西方吹来，拂过他的脸，他望向辽阔高远的苍穹，说道：“很舒服。”

“让我从村里找几个人来帮你做个软轿，抬你上去。”她说，“他们都在等着为你尽点心力。”

“我想走路。”老人说。

瑟鲁从屋后出现，严肃地望着欧吉安与恬娜一步又一步地走着，每五六步就必须停下，让欧吉安喘息一会儿。他们跨越繁芜草原，走向自悬崖内侧沿着高山峻岭攀升的树林。阳光炙热，清风寒冷，他们花了很长时间才横越那片草原。两人终于抵达离山径起点仅有几尺远的一棵年轻大榉树下，而欧吉安的脸庞已然灰白，双腿像风中草叶般颤抖。他在大树根节间瘫下，背倚树干，良久没有动作，亦无言语，而他的心脏击打着、衰颓着，撼动着他的身体。他终于点了点头，悄声道：“好了。”

瑟鲁远远地跟随他们。恬娜走到她身旁，拥抱她，跟她说了说话，然后回到欧吉安身边。“瑟鲁会拿毯子来。”她说。

“不冷。”

“我冷。”

微笑在她脸上一闪而逝。

孩子拖着山羊毛毯过来，对恬娜悄声说了些话，又跑走了。

“石南会让她帮着挤羊奶，照顾她。”恬娜对欧吉安说，“所以我可以待在这里陪你。”

“你从来不会只想着一件事。”他用仅剩的力气唏嘘喘息着说道。

“没错。至少两件，通常要更多。”她说，“但我人在这儿。”

他点点头。

许久，他没再说话，但倚树默坐，双眼闭合。恬娜注视着他的脸，看到他随着西方的光芒，慢慢变化。

他睁开眼，透过树丛间隙望着西方天空。他似乎在那片辽远、清明、金黄的光中，看着某物、某种作为，或是行迹。他低低地、迟疑地，仿佛不确定地说了一次：“龙……”

太阳落下，清风止歇。

欧吉安看着恬娜。

“结束了！”他欢欣地低语，“一切都变了！变了，恬娜！等……在这里等着，等……”震颤擒住他的身躯，宛如大风中的树枝摇晃。他急喘一口气，眼睛闭上又张开，视线穿越了她。他将手覆在她手上，她俯身。他对她说出真名，好在死后让世人认识真实的他。

他紧握住她的手，闭起眼睛，再次挣扎着呼吸，直到再无气息。星星探头，自森林的枝叶间亮起时，他宛如树根般躺着。

恬娜与亡者共坐，度过黄昏，直到黑夜。一只灯笼像萤火虫般在草原的彼端发光。她把毛毯盖在两人身上，但她手中握着的他那只手却变得冰冷，感觉犹如握着石头。她再次将额头抵住他的手，然后站起身来——头脑僵硬晕眩，身体仿佛不是自己的——上前去迎接持提着灯笼赶来的人。

那夜，欧吉安的邻居陪伴他，而他没再赶他们走。

锐亚白领主宅邸位于高陵山侧一处突出的岩脉上。大清早，太阳还未完全越过山顶，领主麾下的巫师已经下山穿过村庄。紧接着，另一位夜里自弓忒港出发的巫师也不远万里穿越陡峭山路而来。欧吉安垂死的消息传到了他们耳中，抑或他们的力量强至能感知到大法师的过世。

锐亚白镇没有术士，只有法师；另有一个女巫，专门负责村民不敢劳烦法师的低阶工作，如寻查、修补、接骨等。蘑丝阿姨是个执拗的人，像大多数女巫一样未婚，穿着邋遢，灰白色的头发以奇特的咒结绑着，眼眶被草药烟熏得发红。是她提着灯笼穿越草原，跟恬娜及其余人在欧吉安身边守夜；在森林中，她在玻璃灯罩下点起一支蜡烛，在陶盘中点燃香甜的精油；她说了该说的话，做了该做的事。在碰触欧吉安的身体、准备下葬仪式前，她向恬娜望了一眼，仿佛请求允许，然后才继续进行她的工作。村庄女巫通常负责执行她们称为“亡者返家”的仪式，直到下葬为止。

来自领主宅邸、手握银松枝巫杖的年轻巫师，及另一名自弓忒港上山、手握短紫杉巫杖的中年巫师到来时，蘑丝阿姨不敢以她充血的眼睛直视，连忙收起寒酸的咒法跟道具，施了一礼，躬身倒退。

她将尸体依照习俗摆成左寝屈膝之姿时，在仰天摊开的左手中放入一只裹以软羊皮、上系彩色细绳的小咒文包，锐亚白巫师以巫杖尾端将小包打掉。

“坟墓安排好了吗？”弓忒港巫师问道。

“好了，”锐亚白巫师回道，“在敝主人的家族墓地中。”他指向山上的宅邸。

“我明白了。”弓忒港巫师说，“我以为我们的法师会光荣地葬在他自地震中拯救的城。”

“敝主人拥有这份荣耀。”锐亚白巫师说道。

“但好像……”弓忒港巫师欲言又止，因为他不喜欢争执，却又不愿服从这个年轻人轻率的决定。他低头看着亡者：“他必须无名下葬。”他悔恨、苦涩地说，“我彻夜赶路，却还是来迟了。真是雪上加霜！”

年轻巫师没开口。

“他的真名是艾哈耳，”恬娜说道，“他的愿望是长眠在此，就是现在他睡下之处。”

两人都望向她。年轻巫师见是一名中年村妇，就转过头去。来自弓忒港的人呆望了一会儿，说：“你是谁？”

“人们称我为火石的寡妇葛哈。”她说，“我想，知道我是谁，是你的本分，但我没有义务说。”

听到这句，锐亚白巫师终于纡尊降贵地瞄了她一眼：“女人，注意你对力之子说话的态度！”

“且慢，且慢。”弓忒港巫师说道，轻拍锐亚白巫师以平息他的愤慨，但眼睛一直望着恬娜，“你是……你曾是他的养女？”

“也是朋友。”恬娜说道，转过头去，无言而立。她听到自己在说“朋友”时声音中充满了怒气。她俯望她的朋友，一具准备安葬的尸体，逝去、静止。他们伫立在他之上，活生生，气力充沛，却未伸出友谊之手，只有鄙视、争斗、怒气。

“对不起，昨夜很漫长。他死去时，我跟他在一起。”

“这不是……”年轻巫师开口，出乎意外，老蘑丝阿姨打断了他，大声说道:“她说得对。只有她，没有别人。他找她来。他派买卖羊只的镇生去叫她来，绕过整座山，他撑着不死直到她来，陪着他，然后他死了。他死在他想下葬的地方，就是这里。”

“然后……”年纪稍长的人说道，“他告诉你……”

“他的真名。”恬娜看着他们，年长男人露出不可思议的神情，年轻男人一脸鄙夷，让她不由自主地以轻蔑回应，“我已经告诉你们了，我得再说一遍吗？”

她吃惊地自他们的表情中发现，他们的确没听到欧吉安的真名，因为他们没注意她。

“噢！”她说，“时代败坏了，如此真名居然不受聆听，像石头般坠落在地！聆听难道不是力量吗？那听好：他的真名是艾哈耳。他死后的真名是艾哈耳。如果有人要为他写歌谣，在歌谣中他将是弓忒的艾哈耳。他曾是沉默的人，而现在他完全地沉默了。或许不会有歌谣，只有沉默。我不知道。我很累。我失去了父亲及挚友。”她戛然而止，喉头锁住一声啜泣。她转身欲离开，在森林小径上看到蘑丝阿姨做的小咒文包，她捡起它，跪在尸体旁边，亲吻摊开的左掌，将小包放入，继续跪着。她再度抬头望着那两人，轻轻开口。

“你们能不能在这儿照看，”她说道，“让他的墓就挖在这儿，在他希望的地方？”

年长男人首先点头，然后是年轻男人。

她起身，顺了顺裙子，在晨光中走过那片草地。

第四章

凯拉辛

KALESSIN

“等着，”欧吉安——现在是艾哈耳——在死亡之风摇撼他，将他撕离生命之前，对她这么说，“结束了……都变了。”他低语道，然后是，“恬娜，等……”但他没有说她该等什么。或许是他看到的或知晓的改变，但那是什么改变？他是指自己的死亡——他即将结束的生命吗？他话中带着喜悦、欢欣。他指示她等待。

“我还有什么事好做？”她自语，扫着他房内的地板，“我一直做的事情是什么？”然后，对着她记忆中的他说，“我该在这里等，在你屋里等吗？”

“是的。”沉默的艾哈耳，沉默、微笑地说道。

于是她打扫房子、清除壁炉、掸净床垫；丢弃破碎餐具及渗漏的平底锅，但她待它们很温柔，在去垃圾坑的路上，她甚至将脸颊贴在龟裂的盘子上，因为它是年迈的法师过去一年来病痛的证据。他力求简朴，如贫农般平实过活，但他耳聪目明、力量饱满时，决不会用龟裂的盘子，或任由平底锅坏着不补。他衰弱的迹象让她哀伤，但愿自己当初能够在他身边照料。“我很希望这么做。”她对记忆中的他说道，但他什么都没说。他从来自己照顾自己，不愿让人服侍。“你有更重要的事情要做。”他会不会这么说？她不知道。他沉默，但现在她知道，留在他的屋子是对的。

香迪和她年迈的丈夫清溪会照顾羊群及果园，清溪住在中谷的日子比恬娜还久。农场上另一对夫妻提夫与西丝，会帮忙收庄稼；其他事还顾不了。她的覆盆子藤会被邻居小孩摘光，真可惜——她爱极了覆盆子，但在这海风不断吹袭的高陵，气温太低，不适合覆盆子生长。不过，在房子南面的墙边，角落遮荫下的老桃树结了十八颗桃子。瑟鲁像猫儿等着抓老鼠般盯着，直到有天她走进房子，以沙哑混浊的声音说：“两颗桃子已经又红又黄了。”

“这样啊。”恬娜说。她们一起到桃树下，摘下先熟的两颗桃子，连皮咬，汁液沿下巴流淌。她们舔了舔手指。

“我可以种下它吗？”瑟鲁看着皱缩的桃核问。

“可以。这里靠近老树，是好地方。但别靠太近，好让两棵树的根和枝叶都有空间生长。”

孩子选定地方，挖了一个小小的洞穴，放入果核后盖上土。恬娜看着她，心想，住在这里的几天中，瑟鲁变了——依然没有反应、没有愤怒、没有喜悦，但自从来到这里，极端的戒心与无动于衷的态度已略微松懈——她渴望桃子，想着种下的果核，希望收获很多很多的桃子。在橡木农庄上，她独不畏惧恬娜和云雀两人，但在这里，她轻易适应了锐亚白的牧羊女石南，一个大嗓门、温和的二十岁弱智少女。石南对待这孩子如同对待一只羊，一只残疾的小羊，这无妨。她和蘑丝阿姨相处得也不坏，不管她闻起来是什么味道。

恬娜二十五年前住锐亚白时，蘑丝犹未年迈，是个年轻女巫。她对“小姐”“白女士”、欧吉安的养女及学生，欠身鞠躬，露齿而笑，说话总带着无上敬意。恬娜曾觉得那份尊敬是假的，是遮掩妒羡、厌恶及怀疑的面具，她对这面具再熟悉不过了。她们认为自己平凡，而她不平凡，是拥有特权的女人。无论是峨团护陵女祭司，还是弓忒法师的异国养女，她都是与众不同的，高高在上的。男人给了她权力，与她分享权力；女人自外旁观，有时满怀竞争心，往往带着一丝嘲弄。

她曾觉得自己是被遗留在外、阻绝在外的人。她逃离沙漠陵墓给她的权利，而后放弃监护人欧吉安提供的智识及技力。她背向一切，去另一边，另一个属于女人的空间，成为她们之一，成为妻子、农妇、母亲、主妇，担负起女人天生的力量，以及人世间允许她拥有的权力。

在中谷，火石之妻葛哈在女人之间广受欢迎，虽然是外国人、白皮肤、讲话带着奇怪口音，却擅长打理家务，织艺绝佳，孩子乖巧健康，农场繁盛兴旺，举止大方得体。在男人眼里，她是火石的女人，做女人应做的事：敦伦、生育、烘烤煮食、打扫、纺织、缝纫、服侍。好女人，他们如此赞许。他们说，火石选得不错。不知道白女人是什么样，全身都白吗？看着她，他们的眼睛如此说着，直到她年龄渐长，他们视而不见为止。

在这里，现在一切都改变了，过去已不复返。自从她跟蘑丝一起为欧吉安守夜后，女巫明白表示愿意当她的朋友、追随者、仆人，一切随她的心意。恬娜不确定自己希望蘑丝阿姨做什么，觉得她不可预期、不可靠、不可理解、热切、无知、狡狯、肮脏。但蘑丝和那烧伤的孩子相处得很好。或许蘑丝在主导瑟鲁改变，让她略为放松。瑟鲁待她与待别人无异，茫然、毫无响应、如同死物般温驯，像石头一样。但老妇不断努力，给她糖果跟小东西，笼络、劝说、引诱。“亲爱的，跟蘑丝阿姨来！过来，蘑丝阿姨会让你看看最漂亮的东西……”

蘑丝的鼻子突出于光秃的下颔及薄唇之上，脸颊上有颗樱桃子大的疣，头发是灰黑交缠的咒结及乱丝，体味如狐狸穴那般强劲、明显、浓烈又复杂。在弓忒小孩听的故事里，老巫婆都会说：“亲爱的，跟我一起去森林！”然后将小孩关在火炉中，烤得褐黄后吃掉，或丢在井里，任其永远惊慌跳跃、沙哑哭喊，或是让其沉睡，封闭在大石内，直到国王之子、法师王子来到，用真字打碎石头，以亲吻唤醒少女，然后杀死邪恶的女巫……

“亲爱的，跟我来！”蘑丝会带着孩子到田野，让她看看绿色稻草间的云雀巢，或到沼泽摘取白圣花、野薄荷与蓝莓。她不必将孩子关在烤炉中或把她变成怪物、封在石头里，她早经历过这些了。

她待瑟鲁慈蔼，但常伴以甜言诱骗。两人在一起时，她似乎跟小孩说了很多话，但恬娜不知道蘑丝说了或教了什么，或许女巫在那孩子的脑袋里填满怪力乱神。“无能得好像女人家的魔法，恶毒到有如女人家的魔法”，这些话她听过不下百遍。她发现蘑丝或亚薇这类女人的巫术的确通常没什么效用，有时也会刻意或因无知而为恶。村庄女巫即使知道许多咒语、咒文及一些圣歌，却从未受训习得高深技艺或法术原理。没有女人受过这种训练，因为魔法是男人的事、男人的技巧，魔法由男人所创。从来没有女法师，即使有人自称为巫师或女术士，她们的力量却均未受训。没有技艺或知识的力量，半是嬉闹，半是危险。

蘑丝这类普通村庄女巫赖以维生的，不外乎几个老女巫珍视相传，或向术士高价购得的真言词汇，以及一些寻查及修补咒法、很多无意义的仪式加上故弄玄虚与胡言乱语，在妇产、接骨、医治人畜疾病方面的实作经验，丰富的草药知识结合一大堆迷信。一切都建立在她们医治、唱咒、变形或施法的天赋之上。如此混合亦好亦坏：有些女巫是烈性、尖刻的妇人，时常理直气壮地伤害他人；大多数则是接生婆及治疗师，兼营爱情灵药、受孕或壮阳咒文，默默地冷眼看人世；还有一些虽无智识却有智慧，用天分纯粹为善，不过她们像所有学徒巫师一样，无法说明咒文的原理，便随口胡诌大化平衡与力量之道，以辩解其为或不为。“我依循我心。”恬娜还是欧吉安的养女及学生时，有位这样的女巫对她如是说道，“欧吉安大爷是个伟大的法师。他教导你，是赋予你极大的荣耀。但你看着好了，孩子，他教你的一切，最终还是依循你心。”

当时，恬娜认为那智妇说得对，却不完全，还差了点什么。她现在依然如此认为。

看着蘑丝对待瑟鲁的方式，她想蘑丝正在依循自己的心，但那颗心黑暗、狂野、怪异，像只乌鸦，我行我素。或许，蘑丝不是因为善良而贴近瑟鲁，而是因为瑟鲁的伤、受的伤害，那些暴力、火焰。

不过瑟鲁无论在行为或言语上，都没显示她除了云雀筑巢处、蓝莓生长处或单手玩花绳之外，是否还从蘑丝阿姨那儿学到了别的事。瑟鲁的右手遭火尽蚀，愈合成像棒槌那样的形状，拇指只能像蟹箝般当夹子使用。但蘑丝阿姨有套神奇的花绳玩法，只需用到一手的四指与另一手的一指，还有配合花样的韵谣：

搅搅樱桃搅！

烧烧下葬烧！

来呀龙来到！

然后绳子就会化成四个三角形，再变成方形……瑟鲁从未大声诵唱，但恬娜听过她独自坐在法师房门前，一边翻花绳，一边低念。

恬娜又想，除了怜悯，除了对无助孩子的责任外，是什么联系着她自己与这孩子？如果恬娜没把她接走，云雀会收留她。但恬娜甚至没考虑缘由，便收留了她。她是否依循自己的心？欧吉安没问任何关于孩子的事，但他说了：“人们会怕她。”而恬娜当时回答：“他们的确怕她。”这也是真的，或许自己也怕这孩子，正如同她害怕残酷、强暴及火焰。是恐惧联结着她与这孩子吗？

“葛哈，”瑟鲁蹲在桃树下说，看着埋覆桃核的坚土，“龙是什么？”

“伟大的生物，”恬娜说，“外表像蜥蜴，但比船还长，比房子还大。还有翅膀，像鸟儿一样。它们还会吐火。”

“它们会来这儿吗？”

“不会。”恬娜说。

瑟鲁不再问了。

“蘑丝阿姨跟你说了龙的事吗？”

瑟鲁摇摇头。“是你说的。”她道。

“啊。”恬娜说，又立刻接着说，“你种的桃子需要水才会长大。一天一次，直到雨季来临为止。”

瑟鲁起身，小跑步绕过房子到井边。她双腿完好无伤。恬娜喜欢看她走或跑，黝黑、沾满尘土的漂亮小脚踏在土地上。她摇摇摆摆地端着欧吉安的水壶回来，在种子上倾倒了一阵小洪水。

“所以你记得人跟龙都是同一族的故事……人类向东往这里来，但龙待在遥远的西方诸岛，很远、很远的地方。”

瑟鲁点点头。她看起来毫不专心，但恬娜说到“西方诸岛”并指向海边时，瑟鲁抬起头，透过豆藤架与挤奶棚的间隙，看向高阔明亮的天际。

一头山羊出现在挤奶棚屋顶，侧向她们，尊贵地端着头，显然自以为是高山山羊。

“希皮又逃掉了。”恬娜说。

“嗨嘶——嗨嘶——”瑟鲁跑过去，学石南唤羊，石南也出现在爬满豆藤的栏杆边，抬头对羊唤“嗨嘶”，但羊毫不理睬，若有所思地呆望豆藤。

恬娜放她们去玩抓希皮的游戏。她闲步穿过豆田走向崖边，沿着悬崖漫步。欧吉安的屋子远离锐亚白镇，也比任何房子都靠近高陵边缘，这里有片陡峭的绿坡，岩块散露，可放牧羊群。愈向北行，崖坡愈陡，最后垂直而落。小径上，崖壁裸岩渐露，直至村北约莫一英里[①]外，石崖缩窄成一层尖突的红色砂岩，两千尺下方是侵蚀崖底的海洋。

高陵尽头寸草不生，只有地苔和石疙瘩，还有蓝雏菊东一朵西一朵地散生着，因风大而矮矮地缩在地面上，像掉在粗糙崩落岩石上的纽扣。崖北及崖东面向内陆，是片狭长沼地，弓忒山黝暗峻耸的岭侧擢拔于上，林树遍布，几至山峰。悬崖本身高耸海湾之上，必须俯视才能看到海岸的边缘与模糊的艾萨里低地。除此之外，以南以西均只有海天一色。

恬娜住锐亚白时，很喜欢漫步至此。欧吉安爱森林，但她曾住在沙漠，方圆百里只有无尽夏日中一手一瓢灌溉出的老桃树及苹果树，除此之外，毫无绿意、湿意或惬意，仅有一座大山、一

---

① 1英里≈1.609公里。——编者注（若无特别说明，本书脚注均为编者注）

片平原及天空，因此她喜欢悬崖甚于密闭的树林。她喜欢顶上空无一物。

她也喜欢地苔、灰地疣、无茎雏菊，她熟悉这些。她一如以往，坐在离崖边几尺外的山岩上，望向海面。日光炎热，但不息的海风吹去脸与手上的汗意。她倚手后靠，心无一念，唯有太阳、海风、天空及海洋，她向太阳、海风、天空、海洋敞开一切。但她突然感到左手边有什么东西在搔弄她的掌跟，她转头看了看，原来是株小小的荆棘，躲在砂岩缝隙中，怯怯地向光与海风伸展无色的针棘。疾风逼它硬生生点着头，但它依然在岩缝中扎根，抗拒着风力。她凝视它良久。

她再度望向海面，看到海天交会的迷蒙蓝晕里，有一道岛屿的轮廓：那是欧瑞尼亚，内环诸岛的东界。

她凝视着那道淡淡的迷影，恍惚着如在梦中，直到一只西方飞来的鸟儿引起了她的注意。不是海鸥，因为它飞行得十分平稳；说是鹈鹕，却又飞得太高了些。是野雁或罕见的海洋旅者信天翁飞到这岛上来了吗？她看着那双翅膀缓慢拍击，高远地飞在耀眼的天色中。突然，她站起身，从崖边倒退几步，立定不动，感到心跳加快、呼吸哽住，她看着那柔长的黑铁般的身躯、火红长蹼的翼翅、伸出的利爪，以及消失在它身后的袅袅烟雾。

它笔直地朝弓忒飞来，向着高陵，向着她。她看到铁红墨黑相间的鳞片、闪动的细长大眼，她看到一簇火焰红舌。龙嘶吼着转身降落在山崖上，叹出一道火焰，燃烧的焦臭填塞了海风。

它的脚爪重重地落在岩石上，多棘的尾扭动、摇响，双翼被日光照得赤红，轰哗收折于两侧。龙慢慢转过头，看着站在一爪之遥的女人，女人也看着龙。她能感觉到龙身上的热气。

有人告诉她，人类不可直视龙的眼睛，但这对她来说不足为惧。它直直地望着她，黄色大眼埋在盔甲般的鳞壳中，鼻子细长，鼻孔翕动吐烟，她也扬起柔软的小脸，以一双黑眼睛直直回望。

他们都没有开口。

龙略为偏头，以免说话——或许只是笑声——误伤了她。它“哈”的一声喷出一簇橘色的火焰。

“阿西伐锐西，格得。”它说，语气温和，烟雾袅袅，燃烧的舌一闪即逝，然后低下了头。

恬娜终于看见跨坐在它背上的男子。他坐在两片沿脊椎生长的剑棘间的凹下处，就在脖子后面的翅膀根上。他的手紧握龙颈的铁红与黑色甲片，头靠着剑棘底部，宛若熟睡。

“阿西·艾赫锐西，格得！”龙又稍微大声说道，长长的嘴看起来总在微笑，露出如恬娜前臂一般长、尖端露白的黄色利齿。

男子毫无动静。

龙转过它长长的头，再次看着恬娜。

“叟比欧斯。”它说道，铁片滑擦般嘶响。

她认识这个创生语词。这种语言，只要她愿意学，欧吉安均会倾囊相授。上来，龙说，爬上来！接着她看到阶梯：利爪、弯曲的肘关节、肩膀关节、翅膀的第一节肌肉，共四级台阶。她也说了：“哈！”但不是笑，而是想顺顺一直卡在喉头的呼吸。她低下头以止住晕眩，然后上前一步，经过利爪、长而无唇的嘴、细长的黄眼，登上龙的肩膀。她握住男子的手臂，他动也不动，但一定还活着，因为龙把他带来这里，还对他说话。“起来。”她说道，然后在扳动他紧握的左手时，看到他的脸，“起来，格得，起来……”

他微微抬头，双眼大张却无神。她只能爬到他身后，任双腿被龙炙热坚硬的外皮磨伤，然后把他的右手自剑棘底部角节上扳开。她让他握住她的手臂，半抱半拖地将他从那四阶奇特的台阶运回地面。

龙转过巨硕的头，像动物般用鼻子碰碰嗅嗅男子的身躯，随即抬起头，翅膀伴随一声金属般的巨响半掀。它将脚移离格得，靠向悬崖。棘颈上的头转了过来，再次直直地盯着恬娜，如窑火干吼般说道：“塞思凯拉辛。”

海风飕飕吹着龙半张的翅膀。

“塞思恬娜。”女人以清亮沉着的声音说。

龙别开脸，望向海对面的西方。铁鳞铿锵中，它扭过长长的身体，突然张开双翅，蹲踞，直直地从悬崖跳入风中，拖曳的尾巴在行经的砂石上留下焦痕。红色翅膀拍下、抬起，又拍下，然后凯拉辛飞离陆地，径直朝西方飞去。

恬娜望着它，直至它身影不比野雁或海鸥大。空气很冷。龙在时，周围的一切被龙的内火暖着，如熔炉般火热。恬娜轻颤。她将脸埋在手臂中大声哭泣。“我能做什么？”她哭道，“我现在能做什么？”

终于，她用袖子擦干眼睛和鼻子，双手拍理发丝，转向躺在身边的男子。他沉静从容地躺在裸岩上，仿佛打算就此长眠。

恬娜叹口气。她什么都不能做，但总是有下一步。

她抬不动他。她得找人帮忙，这就意味着得留他独自在此。他好像太靠近悬崖边了，若他想起身，便可能跌落，因为他一定全身软弱、头脑晕眩。她该如何搬动他？她对他说话或碰触他时，他毫无知觉。她抬起他的肩膀，试着拖他走，居然拖动了。虽然他沉若死物，却不太重。她坚定地将他往里拖了十到十五尺，让他远离裸露的山崖，躺在泥土上，干燥禾草丛形成一处掩护。她必须将他留在那儿。她跑不动，双腿依然颤抖，呼吸仍带哭音。她尽全力快步走回欧吉安的屋子，一面接近，一面叫唤石南、蘑丝和瑟鲁。

孩子从挤奶棚后走出，像往常般站着，她听到了恬娜的叫唤，也不向前，不迎不拒。

“瑟鲁，快到城里，随便请个人来，只要强壮就行，悬崖上有个受伤的男子。”

瑟鲁呆立，她从未单独进村，她夹在顺从与恐惧之间。恬娜看到，便问道：“蘑丝阿姨在吗？石南呢？我们三人抬得动他，不过要快点。快点，瑟鲁！”她感到若让格得毫无保护地躺在那儿，他一定会死，她回去时，他会不见踪影，死亡、坠落、被龙带走，什么都可能发生。她一定要及时赶回去。火石因中风猝死在农地时，她没能陪着他，他孤零零地死去，是牧羊人发现他躺在栅栏边；欧吉安死了，她无法阻止他去世，她无法给他气息；格得回到她身边，却只能等死。这是一切的终点，什么都不剩，一切都已不可为，但她必须勇往直前。“快点，瑟鲁！找谁来都好！”

她自己也开始摇摇晃晃地朝村子走去，正看到老蘑丝匆忙地越过牧地，带着她的粗山楂棍跌撞而来。“亲爱的，你在叫我吗？”

蘑丝的出现让她大为放心。她开始调整呼吸，重新思考。蘑丝一听有人受伤必须搬抬下山，便毫不浪费时间发问，直接抓起恬娜晾晒的粗帆布床罩，拖到高陵尽头。她和恬娜将格得滚到床罩上，困难万分地利用这粗陋的运输工具把他往家里拖，此时石南跑来，瑟鲁跟希皮紧随在后。石南年轻有力，在她的帮忙下，终于将帆布像担架般拉起，把男子运回屋内。

这房子只有一个房间，恬娜跟瑟鲁睡在屋内西墙的壁龛里，另一边是欧吉安的床，由一张厚亚麻被单盖着。她们让男子在那儿躺下。恬娜用欧吉安的棉被覆住他，蘑丝随即围绕床边念诵咒语，石南跟瑟鲁站着呆望。

“让他休息吧。”恬娜说着，将所有人带往前屋。

“他是谁？”石南问道。

“他在高陵那边做什么啊？”蘑丝问道。

“蘑丝，你认得他。他曾经是欧吉安——艾哈耳——的学徒。”

女巫摇摇头。“亲爱的，那学徒是十杨村来的小伙子，就是现任柔克大法师。”

恬娜点点头。

“不对，亲爱的。”蘑丝回道，“这人长得像他，但不是他。这名男子不是法师。连术士都不是。”

石南连连转头，觉得十分有趣。她听不懂别人说的大部分话语，但她喜欢听人说话。

“蘑丝，但我认得他。他是雀鹰。”一说出这名字，格得的通名，便解放了她心底一股柔软的心绪，她终于开始想到、感觉到，这人的确是他，而从他们初次相遇以来，逝去多年的岁月就是两人之间的联结。很久很久以前，她在黑暗中，地底下，看到一点星辰般的光亮，还有他在光芒之中的脸。“我认得他，蘑丝。”她微笑，然后笑得更开心，“他是我见到的第一名男子。”她说。

蘑丝嘴里咕哝着，不断变换站立的姿势。她不喜欢反驳“葛哈夫人”，但她完全无法信服。“可能是伎俩、伪装、变形术或变身术。”她说，“亲爱的，最好小心点。他怎么会去到你发现他的地方，那地方那么偏僻？有人看到他走过村庄吗？”

“你们都没看见……吗？”

她们睁大眼睛望着她。她试着说“龙”，但说不出来。她的唇舌不能吐出这字，但一个词借她的嘴、她的气息自行诞生，创造自己。“凯拉辛。”她说。

瑟鲁直直地盯着她。仿佛有一波温暖的热流从孩子身体流泻而出，宛如发烧。她依然无言，但动了动嘴唇，好像在复诵这名字，那波火热在她四周燃烧。

“只是伎俩！”蘑丝说，“现在我们的法师不在了，一定会跑来各式各样的骗子。”

“我跟随雀鹰，乘坐一艘无顶无盖的小舟，从峨团到黑弗诺，从黑弗诺到弓忒。”恬娜淡淡地说，“蘑丝，你看着他带我来的，他当时还不是大法师。但他就是他，一模一样。难道别人会有这样的伤疤吗？”

遭反驳的老妇无语地整理心绪。她瞥向瑟鲁：“没有。可是……”

“你认为我认不出他吗？”

蘑丝抿抿嘴，皱起眉，拇指互搓，低头看自己的手。“夫人，世上有很多邪物，会夺取人的形貌跟身体，但他的灵魂已经消失了……被吃蚀了……”

“你是说尸偶？”

蘑丝听到她如此公然地说出这词，瑟缩了一下。她点点头。“是有人说，曾经，很久以前，雀鹰法师来过这里，是在你跟他来之前。那时候有一个黑暗之物跟他在一起……跟随着他。或许它还在，或许……”

“是龙带他来的，”恬娜说，“龙以他的真名唤他。我知道那名字。”面对女巫固执的怀疑态度，恬娜的声音充满怒气。

蘑丝无语地站着。她的沉默是更好的抗辩。

“也许在他身上的影子是他的死神。”恬娜说，“或许他要死了。我不知道。如果欧吉安……”

一想到欧吉安，她又流泪不止，想到格得回来得太晚。她吞下泪水，走到木箱旁捡些木柴点火。她把水壶交给瑟鲁，叫她去装满水。她一面说话一面轻触瑟鲁的脸，那些破裂的伤疤摸起来滚烫，但她没发烧。恬娜跪下生火。在这个小小的家中，有女巫、寡妇、伤残障，还有弱智者，总有人须为所该为，不让哭泣声吓到孩子。但龙走了。难道除了死亡之外，什么都不再来临？

第五章

渐佳

BETTERING

他像死人般躺着，但还未断气。他去了哪里？经历了什么？那一夜，在火光中，恬娜从他身上脱下脏污、褴褛、被汗水渗硬的衣服。她为他抹身，让他赤裸躺在亚麻床单上，躺在柔软厚重的山羊毛被间。虽然他不高大，体格纤瘦，但也曾健壮、精力充沛；现在他瘦骨嶙峋，精力殆尽，脆弱至极，连割裂他肩膀、左脸，自太阳穴延伸至下颚的疤痕，都变细、变淡了，而他的头发也已然灰白。

我厌倦哀悼，恬娜想，我厌倦哀悼、厌倦哀伤。我不会为他哀伤！他不是骑着龙回到我身边了吗？

我曾经打算杀了他，她想着，现在，如果可以，我要让他活着。她以挑衅般的眼神看着他，不带丝毫怜悯。

“是谁自大迷宫救出谁呢，格得？”

他不闻不动地沉睡。她很疲累。她用为他抹身所烧热的水洗个澡，然后钻进床里，贴近瑟鲁温暖的小身体，孩子在柔滑的静谧中沉睡着。她睡着，而后梦境展开成一片风势强劲的巨大空间，布满粉光与金光。她的声音呼唤："凯拉辛！"光的一道道鸿沟间传出一声回应。

她醒来时，鸟儿正在田园及屋顶上婉转歌啼。她坐起身，透过西面低矮朦胧的窗户，看见晨光。在她心中有件全新的事物，仿若种子或光点，小得看不见、想不清。瑟鲁还在熟睡。恬娜坐在她身边，望着窗外的云朵及阳光，想到亲生女儿艾苹，试着忆起婴儿时期的艾苹。只有最淡的一幕风景，她一专注便消逝——小小的、胖胖的身躯随笑声颤动，头发轻飘飘地飞扬……还有第二个孩子，因为是火石点起，玩笑地起名为星火。她不知道他的真名，艾苹曾有多健壮，他就有多虚弱，早产又娇小，两个月大时差点因喉头炎而死，往后两年就像养小麻雀般，不知能不能活至隔天。但他撑住了，那点星火拒绝熄灭。愈长愈大，长成细瘦男孩，总是活力充沛，冲劲十足，在农场上却帮不了忙，对动物、植物或人都没耐性，开口说话只为自己求取，却从不是为了愉悦，或交流爱与知识。

艾苹十三岁，星火十一岁时，欧吉安自流浪中来访。在山谷里卡赫达河源头泉水中，欧吉安为艾苹命名，走在碧绿泉水中的她如此美丽，一个豆蔻年华的少女，然后他赋予她真名：哈佑海。他在橡木农庄待了一两天后，曾问男孩要不要一起到森林里转一转。星火只摇了摇头。“你的愿望，是要做些什么？”法师问他，孩子对他吐露无法对双亲说的话：“出海。”于是，三年后，毕榉赋予他真名后不久，他便成为商船上的水手，在谷河口、欧瑞尼亚及北黑弗诺三地往返航行。有时他会回农庄一趟，但既难得也留不久，尽管这里在他父亲身故后将成为他的财产。他像恬娜一样皮肤白皙，但像火石般高壮，脸庞窄长。他没将真名告诉父母，或许他从未告诉任何人。恬娜已经有三年没看到他了，他可能知道父亲过世，也可能不知道；说不定他也死了，淹死了。但恬娜觉得不可能，他会将自己生命的火花带过海洋，穿过风暴。

就像她体内现有的一点火花，如妊娠时身体的笃定感，一项改变、一件全新的事物。她不会问这究竟是什么。不能问。真名不是问来的，它可能被赐予，也可能不会。

她站起身，梳洗着装。虽然天光尚早，但天气却温暖，因此她没有生火，坐在门口，喝了一杯奶，看着弓忒山的影子自海上慢慢退回。海风终年吹袭的石崖上，今天的风非常轻缓，有仲夏的感觉，柔软丰厚，充满草原香味。空气中有一股甜意、一种改变。

“一切都变了！”老人在步向死亡的途中，悄声、喜悦地如此说过。他的手覆盖她的手，赐予她一份礼物，送出他的名字。

“艾哈耳！”她低语。两只躲在挤奶棚后面的山羊咩咩应答，等候石南到来。“咩——”一只这样叫，另一只的声音更深沉，如金属般，“叭——啊！叭——啊！”以前火石常说羊只会坏事。火石虽是牧羊人，却不喜欢羊。而雀鹰孩提时曾是这片山上的牧羊人。

她走进屋内，发现瑟鲁已经起身，望着沉睡的男子。她用手臂环绕孩子，虽然瑟鲁经常闪躲碰触或抚摸，甚至完全无感，这次却接受恬娜，甚至似乎还稍稍靠向她。

格得精疲力竭，依然沉眠。他的脸朝上，露出四条白疤。

“他是被烧伤的吗？”瑟鲁悄声问道。

恬娜没立刻回答，她不知道这些疤痕的来历。很久以前，在峨团大迷宫的彩绘室中，她曾经嘲弄地问他：“是龙吗？”而他严肃地答道：“不是龙。是累世无名者的远亲，后来我才知道它的真名……”她只知道这么多，不过她明白“烧伤”对孩子的意义。

“是的。”她说道。

瑟鲁继续望着他，略微偏着头，让完好的眼睛能看着他，她这样子像只小鸟，麻雀或雀鸟。

“来吧，小雀儿，小鸟儿，他需要睡眠，你需要桃子。今早也有熟透的桃子吗？”

瑟鲁小跑步出门，恬娜追随在后。

孩子吃着桃子，研究了一下她昨天种植桃核的地方。发现没有小树冒芽时，她明显露出失望的神情，但什么都没说。

“浇水吧。”恬娜说道。

蘑丝阿姨近午时抵达。她身兼女巫与工艺人，擅长用高陵沼泽的灯心草编篮子，恬娜便请她教导这门技艺。恬娜在峨团长大，在那里学会该如何学习；身为弓忒的外来者，她发现人们喜欢教导，所以她学会如何受教，进而被接纳，让她外来者的身份获得谅解。

欧吉安将自己的知识授予她，火石也是。学习是她的习性，因为总有许多事可以学，超乎她身为见习女祭司或法师学生时所能想象到的。

灯心草已浸泡一段时间，今早她们要把灯心草分成一条条。这件活儿不太复杂，也不太占注意力。

“阿姨。”恬娜开口道。两人坐在门阶前，中间的一个碗浸泡着灯心草，前面一张垫子摊放割成一条条的草带。“你怎么分辨一个人是不是巫师？”

蘑丝的回答非常曲折，一开口就是她惯用的格言，字句故弄玄虚。“慧眼相识，”她深沉地说，“天赋不藏。”然后说了个故事：有只蚂蚁在一座皇宫捡起一小根头发，带回蚁巢，到了晚上，地底的蚁巢像星星般发光，因为那是伟大法师布洛司特的头发。但只有智者方能看到闪亮的蚁巢，凡人之眼只看得到黑夜。

“所以需要训练吧。”恬娜说。

蘑丝暧昧地回答，大意就是不一定。“有些是与生俱来。即便本人不知晓，也还是存在，就像藏在地穴内的法师头发会发出光芒一样。”

“是的，”恬娜说，“我见过。”她利落地划开一根灯心草，将分开的两半放在垫子上，“那你怎么知道一个人不是巫师？”

“因为不在。”蘑丝说，“亲爱的，力量不在啊。你听我说，如果我有眼睛，我可以看到你也有眼睛，对吧？如果你眼盲，那我也看得到。如果你只有一只眼睛，像那孩子一般，或是你有三只，我也看得到，不是吗？但如果我没有眼睛可以看，那么，除非你告诉我，否则我不会知道你有没有眼睛。然而我可以，我看得到，我知道。第三只眼！”她拍了拍额头，大声干笑，像母鸡刚生下蛋的欢贺啼声。她很高兴终于找到言词来叙述她的意思。恬娜终于发现，她许许多多故弄玄虚及隐晦不明的词句，不过是她不善言辞的表现。没人教她该如何连贯思考，没人肯聆听她想说什么。所有人对她的期盼，就是模糊不清、神秘兮兮、喃喃自语。她是个女巫，不需言词清晰。

“我懂了。”恬娜说，“那么，或许你不想回答这问题，不过你用第三只眼，用你的力量看着一个人时，你看得到他们的力量，或看不到，是吧？”

“其实比较像是‘知晓’。”蘑丝说，“‘看’只是一种说法。这跟我看到你、看到灯心草、看到那座山不一样。应该是‘知晓’。我知道你有什么，那可怜的脑袋空空的石南没有什么；我知道那亲爱的孩子有什么，而那边那男子没有什么；我知道……”她说不下去了，嘟囔着啐了一口，“只要是女巫就会知晓另一个女巫！”她终于清楚、不耐烦地说。

“你们认得彼此。”

蘑丝点点头：“哎，没错。就是这说法。认得。”

“那巫师就会认得你的力量，然后知道你是女术士……”

但蘑丝对她咧嘴笑，笑窝埋在一脸皱纹中。

“亲爱的，”她说，“你是指男人、有巫术的男人吗？有力量的男人跟我们有什么关系？”

“但欧吉安……”

“欧吉安大爷非常善良。”蘑丝的回答不带讽刺。

她们沉默地割了一会儿灯心草。

“小心别割伤了拇指，亲爱的。”蘑丝说。

“欧吉安肯教导我，不当我是女孩，而当我是他的学徒，就跟雀鹰一样。蘑丝，他教导我创生语，我问他什么，他都告诉我。”

“他独一无二。”

“是我不愿学，我离开了他。我要他的书做什么呢？那些对我有什么好处呢？我想要生活，我想要一个男人，我想要孩子，想要我的人生。”

她用指甲整齐利落地划开灯心草。

“然后我得到我想要的。”她说。

“右手拿，左手丢。”女巫道，“哎，亲爱的夫人，谁说得准呢？谁能说得准？想要个男人这事，曾弄得我灰头土脸。但结婚，绝对不可能！不用，不用，我可不要。”

“为什么不？”恬娜质问。

蘑丝吓了一跳，直率地回答：“什么人会娶女巫为妻？”她下颌动了动，像绵羊反刍，“什么样的女巫会嫁人？”

她们割着灯心草。

“那么男人怎么样呢？”恬娜小心问道。

蘑丝同样小心地压低声音回答：“亲爱的，我不知道，我想了很久。我常想这件事。我只能说，男人包在他的皮囊里，就像坚果包在壳里。”她举起细长、弯曲、湿润的手指，仿佛握住一颗核桃，“果壳又坚又硬，果肉饱满。伟大的男人果肉，男人自己。只有这样。全部只有这样，里面除了他自己，什么都没有。”

恬娜仔细思考一会儿，终于问道：“但如果他是巫师……”

“那里面就全是他的力量。男人的力量就是他自己，知道吗？就是这样包在里面。如此而已。他的力量一消失，他就不在了，空了。”她压碎隐形的核桃，抛去空壳，“什么都没有。”

“那女人呢？”

“喔，亲爱的，女人可就完全不一样了。谁知道女人的来踪去迹？夫人，你听我说，我有根，我有比这个岛更深沉的根，比海更深，比陆地的升起更久远。我起源于黑暗。”蘑丝红通通的眼睛闪烁着奇异的光亮，声音如乐器吟唱，“我起源于黑暗！我比月亮更古老！没有人知道，没有人知晓，没有人能形容我是什么、女人是什么。有力量的女人。女人的力量，比树根更深，比岛根更深；比创世更古老，比月亮更古老。谁敢质问黑暗？谁会质问黑暗的真名？”

老妇摇晃、咒诵，迷失在自己的诵唱中，但恬娜挺身坐直，用拇指指甲将一根灯心草从中划开。

“我会。”她说道。

她又划开一根灯心草。

“我在黑暗中住得够久了。”她说道。

每隔一阵子，她会探头进去看看依然熟睡的雀鹰，现在又看了一次。她坐回蘑丝身边时，不想重提方才的话题，因为老妇看起来不快而阴郁，故她说：“今早我醒来时，感觉仿佛一阵新风吹过，一阵改变。也许只是气候变化吧。你感觉到了吗？”

但蘑丝不置可否。“在高陵这里吹着许多风，有些好，有些不好；有些带来乌云，有些带来好天气；有些带来消息给懂得聆听的人，但不愿倾听的人则听不到。我只是个没学过法术、没读过书的老太婆，我知道什么？我所有的知识都在土里，在黑暗的土里，被那些骄傲的人踩在脚下，被那些骄傲的大爷和巫师踩在脚下。那些知识丰富的人为什么要低头看？一个老女巫能知道什么？”

她会是个可畏的敌人，恬娜想着，也是难相处的朋友。

“阿姨，”她拾起一根灯心草，“我在女人中长大，只有女人。在很远的东方，卡耳格的土地上，一处叫峨团的地方。我自小就被带离家乡，当成女祭司在沙漠中养大。我不知道那儿的名字，在我们的语言中，只叫它‘所在地’。那是我唯一知道的地方。有几名士兵守着围墙，但他们不能走入墙内，我们也不能走出墙外。我们是一个群体，都是女人跟女孩，有宦人管护我们，男人不能进去。”

“你说那些是什么人？”

“太监？”恬娜下意识地用了卡耳格语，“被阉割的男人。”

女巫呆望，然后说声：“去！”并做出避邪的手势。她咂着嘴，愤恨而又震惊。

“其中一人对我来说，是最近似母亲的人……但你现在知道了，阿姨，到我长大前，从未见过男人，只有女孩跟女人。但我不知道女人是什么，因为我知道的都是女人。就像活在男人中的男人，像水手、士兵，还有柔克的法师——他们知道男人是什么吗？如果他们从未跟女人说过话，怎么可能知道男人是什么？”

“是不是把他们像公羊跟山羊一样，”蘑丝问道，“用阉割刀切下去？”

惊骇、厌恶、血腥，还有一点报复的快感，凌驾了怒气与理智，蘑丝只想讨论太监的话题。

恬娜没什么可以告诉她，她发现自己从未想过这件事。她还是小女孩，住在峨团时，身边就已经有阉人了，其中一个温柔地疼爱她，而她亦然，但她杀了他以逃离他身边。然后她来到了没有阉人的群屿区，也忘了他们，任其同马南的身体一起沉埋于黑暗之中。

“我想，”她说道，试图满足蘑丝对细节的渴望，“他们会抓来年轻男孩，然后……”但她停下来。她的手停住。

“像瑟鲁一样。”在漫长停顿后，她说道，“孩子是做什么用的？他们能有什么用处？被利用、被强暴、被阉割……蘑丝，你听我说，我住在黑暗之处时，他们就是如此对待孩子。来到这里后，我以为我进入了光明。我学会了真语，也有了自己的男人、生了孩子，我活得很好。但在光天化日下，就在光天化日下，他们依然如此对待一个孩子。就在河边的草原上——欧吉安就是在那条河的源头赋予我女儿真名，也是在太阳下。蘑丝，我想找到我可以生活的地方。你懂得我的意思吗，了解我想说的话吗？”

“原来如此。”老妇说着，一会儿又接着说道，“亲爱的，你不必主动去寻找，世上的悲苦已经够多了。”然后，看到恬娜试着划开一根坚韧的灯心草时手在颤抖，她又说了一次，“别割到你的拇指了，亲爱的。”

直到第二天，格得才苏醒。蘑丝虽然是个脏得可怕的看护，但她技巧熟练地顺利喂了他几匙肉汤。“他饿坏了，”她说道，“也渴得要命。他之前待的地方没什么可吃可喝的。”再次审视他之后，又说，“我想他已回天乏术。人太衰弱，就算极度想喝水，也没办法咽下半滴。我看过一个很健壮的人就是这样死的。只不过几天，就干萎得像影子一样。”

但因为她毫不懈怠的耐心，终于塞进几匙肉跟草药汤。“现在就等着看吧，”她说，“我猜是来不及了，他正渐渐死去。”她的言语中毫无遗憾，说不定还有一点窃喜。这男子对她而言毫无意义，而死亡可是件大事。也许她可以埋葬这个法师，别人不让她埋葬老法师。

隔天，恬娜正为格得的双手涂抹药膏时，他醒了。他一定在凯拉辛背上骑了很久，因为他死命握住铁鳞，结果磨去了掌心的皮，使得手指内侧一再割伤。睡眠中，他依然紧握着双手，仿佛不愿放走早已离去的龙。她必须轻柔地扳开他的手指来为伤口清洁及上药，但她这么做时，他会大喊出声，身体颤抖，伸出双手，仿佛觉得自己正在坠落。他睁开眼，她悄声对他说话。他望着她。

“恬娜。”他说道，没有微笑，纯粹只是超越情感的辨认。这让她感到一份纯粹的满足，有如一丝甜味，或一朵鲜花，因为还有一个活着的人知道她的真名，而这人是他。

她俯向前，吻他的脸颊。“躺好，”她说道，“让我把这处理完。”他听话，很快又陷入沉睡，这次双手摊开而放松。

稍晚，躺在瑟鲁身边渐渐入睡时，她想着，我竟从没吻过他。这念头撼动了她。起初她无法置信，不可能，这么多年来……在陵墓中没有，但之后，一起在山中旅行……在“瞻远”上，一同航向黑弗诺……他带着她来到弓忒……

没有。连欧吉安都从未吻过她，她也没吻过他。他叫她女儿、疼爱她，但从没碰过她；而她，从小到大都是以孤独、不可碰触的女祭司、圣物的身份长大，从未寻求他人的碰触，或从未知道自己在寻求。她会将额头或脸颊靠在欧吉安摊开的掌心一会儿，而他会很轻很轻地抚一抚她的头发。

格得甚至没这样做过。

我难道连想都没想过吗？她带着一种怀疑的敬畏问自己。

她不知道。她试图思考这件事时，一种恐惧、侵犯的感觉强烈地席卷而来，然后毫无意义地淡去。她的嘴唇知道他右颊靠近唇边那处微微粗糙、干爽、清凉的肌肤，只有这件事有其意义、有其分量。

她睡着，梦到有个声音唤她：“恬娜！恬娜！”而她响应了，如海鸟一般高鸣，在海上的光芒中翱翔。但她不知道自己叫唤的是谁的名字。

雀鹰活了下来，这令蘑丝阿姨大失所望。一两天后，她终于放弃，承认他被救活。她会来喂他羊肉、草根和草药混煮的汤，让他靠着她的身体，她强劲的体味包围着他，一匙匙喂入生命，嘴里还在嘀嘀咕咕地抱怨。虽然他认得她，以她的通名称呼她，而她也无法否认这的确是人称雀鹰的男子，但仍想否认。她不喜欢他，说他浑身不对劲。恬娜十分信任女巫的智慧，心里也感到烦恼，却并没有任何怀疑，只为他的存在及日渐康复感到喜悦。

“他完全恢复正常后，你就会明白了。”她对蘑丝说道。

“正常！”蘑丝说，以手指做出压碎、丢弃坚果壳的手势。

很快他就开始询问欧吉安的下落。恬娜一直很怕他问这个问题。她告诉自己，甚至几乎说服自己，他不会问，会像法师一般自然地知道，如同欧吉安过世时，连弓忒港及锐亚白的巫师都能马上知道一样。但在第四天清晨，她走向他时，他已醒，抬头望向她说：“这是欧吉安的屋子。”

“艾哈耳的屋子。”她尽可能轻松地回答。对她来说，讲出法师的真名依然不容易。她不知道格得是否知晓这名字。他一定知道。欧吉安会告诉他，或者不需告诉他。

他好一阵子没有反应，后来他终于干巴巴地说出结论：“那他去世了。”

“十天前。”

他平躺，直望前方，好像正在思索，试着透解什么。

“我什么时候来的？”

她必须靠近才听得清楚他的话。

“四天前，傍晚时。”

“山里没别人。”他说，然后身体皱缩了一下，轻微颤抖，仿若身陷痛苦，抑或回忆起无可忍耐的痛苦。他闭上眼，皱眉，深呼吸一口气。

他体力一点一滴恢复，皱起的眉头、屏住的呼吸及紧握的双手对恬娜而言已成熟悉的景象。力气回到他体内，但没有带来舒适或健康。

他坐在门前，沐浴在夏日午后的阳光中，这是他下床以来走得最远的一次。他坐在门槛上，望着天空，恬娜从豆田走向屋子，看着他坐在那里。他依然有种如灰烬、虚影般的气质，不只因为灰白的头发，更来自皮肤跟骨头的某种质态，而他的身体除了皮跟骨外，所剩无几。他眼神无光。但这影子、这灰烬般的男人，与当初她看到的那张沐浴于自身力量光芒中的脸，是同一人——面容坚毅、鹰钩鼻、细致的嘴形，是个英俊的男子。他一直是个骄傲、英俊的男子。

她向他走去。

“你需要的是阳光。”她对他说，他点点头，但即使坐在倾泄的夏日暖意里，他依然紧握着双手。

面对她时的沉默，让她以为或许是自己的存在令他心烦。或许他不能像过去一般轻松待她。毕竟他现在是大法师——她一直忘记这点。而且，从他们攀过峨团山区，同乘“瞻远”航越东海至今，已过了二十五年。

她心念一动，突然问道：“‘瞻远’呢？”然后想，我多蠢啊！都这么久了，他已成为大法师，当然不会还留着那艘小船。

“在偕勒多。”他回答，表情凝结在持续难解的哀伤中。

如同“永远”那么悠久以前，如同偕勒多岛那么遥远的地方……

“最远的岛。”她说道，口气半是疑问。

“西方尽头。”他说道。

两人坐在餐桌前，刚用完晚餐，瑟鲁到外面玩耍。

“所以你是乘在凯拉辛背上，从偕勒多过来的？”

当龙的名字从她口中脱出时，它再次自行塑造她的嘴形，发出自己的形状跟声音，说出自己，让她吐出轻柔火焰。

他听到这名字，抬头看了她一眼，眼神锐利，她突然意识到，他平时根本不会直视她的双眼。他点点头，然后修正答案以求精确：“从偕勒多到柔克，再从柔克到弓忒。”

一千英里？一万英里？她毫无概念。她看过黑弗诺珍藏室中的大地图，但没人教过她数字概念或距离概念。如同偕勒多岛那么遥远的地方……龙的飞行距离能以英里计算吗？

“格得，”她唤他的真名，因为此时两人独处，“我知道你经历了极大的痛苦与危难。如果你不想——或许你不能——或许你不该告诉我，但如果我知道，如果我知道一点情况，我也许更能帮助你。我希望能帮你，而他们很快会从柔克来接你，派艘船来接大法师，说不定请龙来！然后你会再度离开，而我们仍未曾促膝长谈。”她说，在用字或语调不对时双手紧握，如同她刚才拿龙开玩笑时、如同她像多事的妻子般发牢骚时。

他低头盯着餐桌，闷闷不乐，默默忍耐，仿佛田里辛劳一天后的农夫正面对家庭争吵。

“我想不会有人从柔克来。”他说，这句话花了他十足的努力，以至他停顿了好一会儿才继续说，“给我一点时间。”

她以为他说完了，因此回答：“是的，理应如此。对不起。”当她站起身准备清理桌子时，他又开口，依然低着头、口齿不清地说道：“我现在可以了。”

接着他也站起身，把盘子端到水槽里，继续把餐桌清理干净。他负责洗盘子，恬娜收拾残肴。这点让她很感兴趣。她一直拿他与火石相比，但火石这辈子从没洗过一个盘子。这是女人的工作。但格得跟欧吉安都独身住在这里，没有女眷。格得住过的每一处都没有女人，因此他会做“女人的工作”，毫不以为意。她想，如果他会在意，如果他开始担心自己的尊严与擦碗布同等，就太可惜了。

没人从柔克来找他。任何船都无法在他们谈论此事时即刻赶到，除非全程以法术风吹送。只是，日子一天天过去，依然没有寻找他的讯息或迹象。人们这么久不打扰大法师，她感到非常奇怪。一定是他禁止别人找他，或者用巫术藏匿了行踪，他们不知道他在哪里，才没被人认出，更出乎意料的是，村民对他的存在似乎也不太注意。

锐亚白领主没派任何人前来，则不太意外。该族领主与欧吉安的关系一向不佳。村里谣言说，该族女性均擅长黑暗技法。村民说，有人嫁给北方领主，结果被活埋在岩石下，另一名女子想改造她子宫内未出世的胎儿，试图让他拥有力量，那婴孩在出生时的确说出了某些字句，但他没长骨头。“就像一小袋皮一样，”产婆在村里悄声谣传，“一个有眼睛、有声音的小袋子，完全没吸过奶，但会讲一种奇怪的语言，后来那孩子就死掉了……”无论这些故事是真是假，锐亚白领主一向离群索居。身为法师雀鹰的旅伴、法师欧吉安的养女、将厄瑞亚拜之环带至黑弗诺的人，一般人都认为恬娜刚到锐亚白时会受邀住进大宅邸，但她没有受到邀请。相反，她自己选了织工阿扇的一间小农舍，独自居住在那里，她极少见到宅邸中人，一直只是远观。蘑丝告诉她，现在大宅邸没有女主人，只有老领主——他年纪很大了——还有他的孙子和一个名叫白杨的年轻巫师，他是自柔克学院聘来的。

自从欧吉安手握蘑丝阿姨的符咒，在山径旁的榉树下入葬以来，恬娜便没见过白杨。奇怪的是，他不知道地海大法师正在自己村内，或者他知道，却出于某种原因避而不见。前来埋葬欧吉安的弓忒港巫师也没再来过。即使他不知道格得在这里，至少也知道她是谁——她是“白女士”，曾佩戴厄瑞亚拜之环，让和平符文重归完整。而这一切又是多少年前的事了？老太婆！她对自己说道，你昏头了吗？

话说回来，毕竟是她告诉他们欧吉安的真名，某些礼数还是不可缺的。

但巫师就是巫师，对礼数置若罔闻——他们是力之子，只与力量打交道，而她现在有什么力量呢？难道她真有过力量？她还是女孩、女祭司时，她是个器皿：黑暗地域的力量穿过她、使用她，但那力量在她体内点滴不留，毫无痕迹；她是年轻女子时，强大的男子教会她强大的知识，但她弃之不顾，再不碰触；身为女人，她当时选择去得到女人的力量，而那段时间已过，身为妻子与母亲的责任已了。她已不再有任何东西、任何力量可供他人辨认。

但一只龙曾对她说话。“我是凯拉辛。”它说道。“我是恬娜。”她回答。

“‘龙主’是什么？”她在大迷宫里的黑暗之地时，曾如此问格得，试图否认他的力量，试图要他承认她的力量。而他坦诚无欺，让她不得不对他放下戒心。“是龙愿意对谈的男人。”

所以，她是龙愿意对谈的女人。这难道就是她那天在面西小窗前苏醒时，心里感受到的新产物、蜷缩的知识、轻巧的种子？

那次餐桌上的短暂对话之后，又过了几天，她正在为欧吉安的蔬菜园锄草，拯救他春天埋下的洋葱种子免受夏日杂草侵害。格得自己打开了挡山羊的高栅栏门，从菜园的另一端开始除草。他工作了一会儿，然后往后坐下，低头看着自己的手。

“让它们慢慢愈合。”恬娜温柔说道。

他点点头。

一排豆藤花长得老高，已经开始绽放花朵，香味甜美无比。他瘦弱的手臂搁在膝头上，凝视阳光下一丛相互缠绕的豆蔓和花儿。她边说边工作：“艾哈耳去世时，说‘一切都变了……’，他过世后，我为他哀悼、为他哀伤过，但有某种事物舒缓了我的哀伤，某种东西正在诞生……正被解放。我知道在我安睡与初次苏醒之间，某些事已经改变了。”

“是的。”他说，“一种邪恶终结了，而且……”

长长的沉默后，他再度开口，他没看她，但声音却首次听来像她记忆中的声音，轻缓、沉静，带着平平的弓忒腔。

"恬娜，你记得我们刚到黑弗诺的时候吗？"

我忘得了吗？她在心里回应，但缄口不语，害怕话语会将他逼回沉默。

"我们将'瞻远'驶进港口，走上码头——台阶由大理石铺成，那些人，很多人——然后你抬起手，让他们看到环……"

……我的另一只手握着你的手。我那时的恐惧已非"恐惧"二字足以形容：脸、声音、颜色、高塔旌旗、金、银、声、乐，我唯一知晓的就是你——在整个世界里，我唯一知晓的就是你，你站在我身边，我们一同向前走……

"王室管事领我们至厄瑞亚拜塔底，穿过充满人群的街道，然后，只有我们两个，独自爬上高高的台阶。你记得吗？"

她点点头，将双手平放在刚除过草的泥土上，感觉它粗糙的清凉。

"我打开门，门很沉重，一开始还卡住了，然后我们走进房间。你记得吗？"

他仿佛是在寻求安慰：真的发生过吗？我真的记得吗？

"那是座很大、很高的厅堂。"她说，"让我想起我的厅堂，我被吞食的地方，但只因为它也很高。光从塔顶窗户洒下，一道道光芒如剑锋交错。"

"还有王座。"他说道。

“王座，是的，一片金光赤红，却空空如也。就像峨团厅堂中的宝座一般。”

“已经不是了。”他说，越过一片绿色洋葱苗看着她，脸上的表情硬邦邦的，充满留恋与不舍，仿佛命名了一份自己无法掌握的喜悦，“黑弗诺有王了，就在世界中心。预言已经实现：符文愈合，世界也重归完整，和平之日降临。他……”

他低头望着地，双手紧握。

“他带我由死回生。英拉德的亚刃、未来将受到歌谣传颂的黎白南。他冠上他的真名，黎白南，地海之王。”

“是因为这样，”她问道，跪着看他，“所以才有了这份喜悦、这份进入光明的感觉？”

他没回答。

黑弗诺有王了，她想，然后大声说：“黑弗诺有王了！”

那美丽城市的景象长存她心中：宽广的街道、大理石高塔、铺陈的铜瓦、港中满张白色船帆的船舰，太阳像剑锋般射入美丽宝殿，一切事物丰饶、光荣而又和谐，那里秩序尚存。从那光明的中心，她看着秩序如完美的涟漪向四面八方扩散、像大道般笔直，或如迎风航行的船只，往当行处而行，带来和平。

“亲爱的朋友，你做得很好。”她说道。

他的手微动，像要止住她的话语，然后转身背向她，以手掩口。她不忍看到他的泪水，因此弯腰继续工作。她拔起一根根杂草，草梗却从根断折。她双手挖扒，试图找出埋藏在黑色大地下，深入土壤的草根。

“葛哈。”瑟鲁脆弱、崩裂的声音在栅门口响起，恬娜转身。孩子的半脸，看得见与看不见的眼睛直望着她。恬娜想，我要不要告诉她，黑弗诺有王了？

她起身走到栅门，好让瑟鲁无须大喊。毕榉说，那孩子失神地躺在火中时，吸进了火焰。“她的声音被烧光了。”他解释。

“我正看着希皮，”瑟鲁悄声道，“但它从金雀花牧地逃走了。我找不到它。”

这是她说过最长的话，她因跑步与试图忍住眼泪而全身颤抖。不能让大家哭成一团，恬娜对自己说，这实在太愚蠢了，绝对不行！“雀鹰！”她转身说，“有只山羊跑掉了。”

他立即起身，走到栅门。

“去泉屋找找看。”他说道。

他看着瑟鲁，仿佛看不到她丑陋的疮疤，仿佛几乎看不到她，一个丢失山羊的孩子，必须找回山羊的孩子；他看到的是山羊。“或许它跑去找村里的羊群了。”他说。

瑟鲁已跑向泉屋。

“她是你女儿吗？”他问恬娜。他之前对这孩子只字不提，恬娜这瞬间满脑子都想着：男人多奇怪。

“不，也不是我孙女。但她是我的孩子。”她说。是什么原因让她又开始对他冷嘲热讽？

他打开栅门正往外走，希皮朝两人冲了过来，黄褐色一闪而逝，瑟鲁在后远远追赶。

“喝！”格得突然大喊，纵身挡住山羊的去路，将它直接推往大开的栅门与恬娜怀里，她差点抓不住希皮松脱的皮项圈。山羊立刻静止不动，像羔羊般乖巧，用一只黄眼睛觑着恬娜，另一只盯着成排的洋葱苗。

“出去。”恬娜说，将它拉出山羊乐园，带回属于它的贫瘠牧地。

格得坐倒在地，像瑟鲁般气喘吁吁，也可能更累，因为他喘息连连，而且显然头晕目眩，但至少不再掉泪。羊只会坏事。

“石南不该叫你看着希皮，”恬娜对瑟鲁说，“没人看得住它。如果它又跑掉，就去告诉石南，别担心。好吗？”

瑟鲁点点头，她正瞧着格得。她看人很少超过一瞥，尤其是男人，但她正直直地盯着他，头像麻雀般半偏。英雄诞生了吗？

第六章

渐坏

WORSENING

夏至已经过去了一个多月，面西的高陵却依然昼短夜长。瑟鲁这天很晚才回家，由于一整天跟着蘑丝阿姨采集草药，累得吃不下饭。恬娜安顿她上床，对她唱歌。这孩子太累时会睡不着，像麻痹的小动物般蜷曲在床上，呆视着，直到进入一种像做噩梦般非睡非醒的状态，对外界的动静浑然不觉。后来恬娜发现，只要抱着她唱歌哄她入睡，就可以避免这种情况。唱完在中谷当农妇时学会的歌谣，便唱更早的时候在峨团陵墓当孩童女祭司时学会的卡耳格祷文，回旋无尽、单调甜美的奉献乞求催眠了瑟鲁，而祷文所崇奉的无名力量与空宝座，如今葬于地震崩落的颓圮尘土。她感觉歌曲已无咒力，而且她喜欢以母语唱歌，虽然她不知道峨团母亲为孩子唱什么歌谣，母亲为她唱过什么歌谣。

瑟鲁终于沉沉睡去。恬娜将她从怀中轻放到床上，等了一会儿，确认她继续熟睡。她环视一圈确定自己独处后，几近愧疚，却也犹如进行欢悦的仪式般，迅速将修长浅白的手遮在孩子脸侧，挡住被火吞蚀，只剩块状光秃疤痕的眼睛与脸颊。在她碰触下，一切都得以消逝，皮肤愈合完整，成为孩子圆润、柔软、熟睡的脸，仿佛她的碰触重建了真实。

她轻轻地、不舍地抬起掌心，看到无可疗治的损失，永不平复的创口。

她俯身亲吻疤痕，安静站起，走出屋外。

太阳在一片茫茫无边的珍珠色雾霭中落下，四周无人，雀鹰大概在林中。他开始拜访欧吉安的坟，在榉树下静静地一待就是数个小时。他体力渐复后，开始漫游欧吉安钟爱的林径。他显然食不知味，恬娜必须特意要求他吃饭；他拒绝友伴，只爱独处。瑟鲁如他一般沉默，愿意跟随他到天涯海角，不会打扰他，但他坐立不安，最后会要孩子回家，自己走到更远处，恬娜不知道他的目的地。他很晚进门，倒头就睡，且经常在孩子跟她醒来前即出门。她会准备面包跟肉片让他带着。

现在，她望着他沿着草原小径走来，那是她搀扶欧吉安走完最后一程的艰辛长路。他穿过蒙亮空气而来，走过风偃草叶，稳稳踏步，如石头般坚固地闭锁在自己执拗的哀凄中。

“你会在房子附近吗？”她隔着一段路问道，“瑟鲁睡了，我想去走走。”

“会的，去吧。”他说。她漫步走开，思索这些男人无视、女人却受其控制的种种责任：必须有人待在熟睡的孩童附近；一人的自由代表另一人的不自由——除非达到某种不断改变的动平衡，例如行进的身体，像她现在一样，双脚轮流迈步，一前一后，操持卓越技艺……而后，逐渐深沉的天色与海风柔软的坚持取代了思绪。她继续心无杂念地行走，一直走到崖际砂岩，才终于停步，遥望太阳消失在宁静的玫瑰色迷雾中。

她跪下，目光逡巡，指尖摸索，发现岩石上有一道长长的、浅浅的、模糊的刻纹，直刮到悬崖边：是凯拉辛尾巴留下的痕迹。她一再用手指追画，望向暮色中的海湾，陷入幻想。她说了一次。这次名字在她口中不是火焰，而是轻嘶着从唇间缓曳而出：“凯拉辛……”

她抬头望向东方。突出于森林之上的弓忒山顶一片火红，映着下方已然消逝的光芒。在她的注视下，颜色渐淡。她别开头，再回过眼时，山峰已然木灰、隐逝，山坡密林晦暗。

她等待夜星出现，当它们闪耀在迷雾上方时，她慢步回家。

家，亦非家。为何她在欧吉安的屋子，看顾欧吉安的山羊和洋葱，而非在自己的农庄，看顾自己的果园及羊群？“等着。”他说道，而她也等了，龙来过了，格得也几乎痊愈了。她已经达成了使命、照料好房子。她不再被需要，是该离开的时候了。

但她无法想象离开这高耸的山崖、这鹰巢，再次回到低地，回到平坦的农田、无风的内地。每次这念头都让她心绪低落暗沉。她在那扇朝西的小窗下做的梦又该当如何？在这儿找到她的龙又该当如何？

屋门依然敞开，让光线跟空气自由进入。没有灯光也没有火光，雀鹰坐在炉边干净的矮椅上。他常坐在那儿。她想，那应该是他还年少、在跟随欧吉安的短暂学徒岁月中所坐的位子。在那年冬天，她还是欧吉安的学生时，那也曾是她的位子。

他看着她进屋，但眼光未落在门口，而是看着右边门后黑暗的角落。欧吉安的巫杖伫立在那里，一枝沉重的橡木棍，手把处打磨光滑，与主人一般高。她在前往锐亚白的途中砍下树枝所制成的榛树棒跟赤杨棍也被瑟鲁置于旁边。

恬娜想，他的巫杖，他的紫衫巫杖，欧吉安给他的，到哪儿去了？同时也想，为什么我现在才想到这点？

屋内非常黑暗，显得有点闷。她感到压迫。她曾希望他留下来与她说话，但现在他坐在那儿，她却对他无话可说，他对她也是。

“我在想，”她终于说道，将置于橡木边柜上的四只碟子摆正，“我该回自己的农庄去了。”

他什么都没说，可能点了点头，但她已经转过身去了。

她突然觉得很累，想上床睡觉，但雀鹰还坐在那里，而且屋内并未全暗，她总不能在他面前宽衣。羞耻让她愤怒，她正要请他出去一会儿，他迟疑地清了清喉咙，开口说话。

“书，欧吉安的书，符文书及两本术典，你会一并带走吗？”

“我带走？”

“你是他最后一名学生。”

她走到火炉边，坐在欧吉安的三脚椅上面对着他。

“我学过写赫语符文，但可能已忘了大半。他教了我一些龙语，我还记得一部分，但其余都不行了。我没成为行家或巫师，我结婚了，你知道吧？欧吉安会将他的智慧留给一个农妇吗？”

沉默一阵之后，他毫无表情说道：“他总有把书留给某人吧？”

“自然是你。”

雀鹰没说话。

“朋友，你是他最后的学徒，也是他的骄傲。他没明说，但书当然归你。”

“我拿它们做什么呢？”

她穿过暮色盯着他。西面那扇窗户透进微弱的光。他声音中包含的执拗、无情和不明的怒气也引发了她的愤怒。

“你是大法师，还要问我吗？格得，你为什么要让我显得比傻子更呆？”

他立刻站起，声音颤抖：“难道你没有……你看不出来……一切都结束了……都不在了！”

她坐着，盯着他，想看清他的脸。

“我没有巫力了，什么都不剩。我给予了……付出了……我的一切。为了关闭……所以……所以完成了，结束了。”

她想否认他说的一切，但无法做到。

“像倒出一点水，”他说，“在沙地上倒出一杯水。在旱域。我不得不如此，但我现在无法止渴。一杯水倒在沙漠中，当时、现在，又能改变什么？沙漠消失了吗？啊！你听……它曾从那扇门背后对我悄声低语：听着！听着！我年轻时走进过那干旱地，我在那儿与它面对面，我变成它，我与自己的死亡结合，它给了我生命。水，生命之水。我曾是座喷泉、涌泉，流泻，给予。但泉水在那儿流不动。我最后所有的仅是一杯水，而我必须将它倾倒在沙地上，在旱溪上，在黑暗中的岩石上。所以不在了。结束了。完成了。”

她知道的够多了，从欧吉安与格得本人那儿，她知道他说的那地方，虽然他描述的是景象，那并非表象，而是他所知晓的真实。但她也知道自己必须否认他说的一切，即使那都是真的。

“格得，你没给自己时间。”她说道，“死而复生是很远的旅程，就算骑在龙背上也是。会需要时间的。时间，以及静谧、沉默、平静。你受过伤，但会愈合。”

他良久不语，只立在那儿。她以为她说对了，给了他某些安慰，但他终究再度开口。

“像那孩子一样吗？”

这句话像锐利无比的刀刃，她甚至感觉不到刺穿的瞬间。

“我不知道你为什么收养她，”他以同样轻柔平淡的声调说，“既然知道她再也无法痊愈，知道她的人生将会如何。我想这就是我们正经历的时代——黑暗的时代、颓圮的时刻、终结的时分。我想，你收养她的原因跟我去面对自己的敌人一样，因为这是你唯一能做的。因此，我们必须带着打败邪恶的战利品活在这个新时代。你带着烧伤的小孩，我则一无所有。”

她绝望地以静谧平和的声音说道。

恬娜转身看着立在门右方暗处的巫杖，它没有光芒，从里到外，完全黑暗。透过大开的门框，天空高悬着两颗黯淡的星星。她看着它们，想知道那是什么星。她起身摸黑经过餐桌往门口走去。迷雾升起，只露出几颗星，她从门内看到的其中一颗，就是在峨团，她的母语称为“恬哈弩”的白色夏星。她不知道这里的人如何以赫语称呼恬哈弩，也不知道它的真名，龙称呼它的名字。她只知道自己母亲会如何唤它：恬哈笯，恬哈笯；恬娜，恬娜……

“格得，”她从门口背对屋内问道，“是谁把你养大的？”

他走到她身旁，也向外望着多雾的海空、星辰和凌驾其上的乌黑大山。

“没什么人。”他说，“我生下来不久，母亲就去世了；我有几个哥哥，但我已经不记得他们了；我父亲是个铜匠；还有我姨妈，她是十杨村的女巫。”

“像蘑丝阿姨。”恬娜说道。

“还更年轻。她有些巫力。”

“她叫什么名字？”

他沉默。

“我不记得了。”他缓缓道。

过一会儿，他说：“她教我一些真名：猎鹰、游隼、老鹰、鹗、苍鹰、雀鹰……”

“你怎么叫那颗星？上面高高的、白色的那颗。”

“天鹅之心。”他说，抬头望。“在十杨村，人们叫它‘箭星’。”

但他未以创生语说出星星的名字，也没说出女巫教他的隼、猎鹰、雀鹰等真名。

"我刚刚……在屋里……说的是错的。"他轻轻开口，"我不该说话。原谅我。"

"如果你不肯说，那我除了离开你，还能怎么做？"她转身向他，"你为什么只想着你自己？总是你自己？你出去！"她怒气冲冲地告诉他，"我要更衣睡觉了。"

他慌张地嘟哝着表示歉意，走了出去，她走向壁龛，脱下外衣上床，将脸埋在瑟鲁后颈那丝般秀发所掩盖的甜美温暖中。

"你知道她的人生将会如何……"

她对他的怒气、她愚蠢地否认他说的一切事实，都来自失望。虽然云雀说了不下数十次，说已经无能为力，她依然希望恬娜的火伤能够治愈；虽然云雀不断说连欧吉安都无能为力，她依然希望格得能治愈瑟鲁，将手放在那伤疤上，然后一切都将完整无缺，失明的眼睛发亮，枯爪般的手变得柔软，毁弃的人生重归完整。

"你知道她的人生将会如何……"

别开的脸庞、驱除邪恶的手势、恐惧与好奇、黏腻的怜悯与咄咄逼人的刺探，因为伤害招致伤害……永远没有男人的臂弯，永远不会有人拥抱她，除了恬娜，不会有任何人。他说得对，那孩子当时就该死去，死去才是对的。她们应该让她去那干涸之土，她、云雀与亚薇，多事的老太婆：她们的心软其实多么残酷。他是对的，他总是对的。但那些利用她满足需求与取乐的男人，那些任她遭人利用的女人——他们的确应该打昏她，把她推入火堆烧死，只是做得不够彻底，最后手软了，在她体内留下生命的火花。他们做错了。而她，恬娜，做的一切也都是错的。她幼时就被献给黑暗力量，被它们吞食，人们任她被吞食。难道她认为，只要跨过海洋、学习其他语言、成为男人的妻子、孩子的母亲，只要拥有她自己的人生，她就可以超越原本的她？不再是它们的仆人、它们的食物，摆脱被任意使用以满足需求与游乐的过往？她身受摧毁，也将被毁者招来身旁，成为自身毁坏的一部分、自身邪恶的躯壳。

孩子的头发细致、温暖、香甜。她窝在恬娜双臂的温暖中做梦。她怎么可能做错？她被错待，永难弥补，但她没错。没有迷失，没有迷失，没有迷失。恬娜抱着她安睡，让梦中光芒充斥心灵：晴朗大气的深渊、龙的名字、星辰的名字、天鹅之心、箭星、恬哈弩。

她从那只黑山羊毛身上梳下细致的内绒毛，好纺成毛线，请织工制成布料：弓忒岛特产的丝软羊绒。老山羊以前已被梳理不下千次，它非常喜欢这样，故紧紧贴靠让梳齿一拖一拉。梳下的灰黑绒毛变成一团团软软脏脏的云朵，最后让恬娜塞进网袋。她梳开山羊耳边打结的刘海以示感谢，友好地拍拍它圆滚滚的肚子。“巴——”山羊叫道，趾趾跑走。恬娜走出围牧地，来到屋前，向草原瞥了一眼，确定瑟鲁还在那儿玩。

蘑丝教会孩子编织草篮，虽然那残缺的手非常不灵活，但她终于抓到了诀窍。她坐在草地上，未完成的作品放在腿上，但她没在干活，她在看着雀鹰。

他站在一段距离以外，靠近崖边，背向她们，也不知道有人在看着他，因为他正看着一只鸟，一只年轻的红隼，那隼正盯着草丛中的小猎物。它停滞在半空，拍动翅膀，想赶出那只田鼠或小老鼠，却吓得它逃回窝里。男子也同样专注、热切地凝望着那只鸟。他缓缓抬起右手，前臂伸平，然后似乎开口说了什么。但他的语音被风吹散，红隼掉头，发出高亢、刺耳、尖锐的鸣叫，拔高飞往森林。

男子放下手臂，凝立不动，看着那鸟。孩子与女子亦不动。只有鸟儿高飞，自由离去。

“他曾变成隼，变成游隼来到我身边。”一个冬夜里，欧吉安在炉火边说道。他告诉她关于变形咒、变形法术、法师包桔变身为熊的事。“他从西北方朝我飞来，落在我腕上。我将他带到火边，他无法说话。因为我认得他，所以能帮他卸下猎鹰之形，重新变为人类。但他内心总有一部分是鹰。他村里的人称他为雀鹰，因为野隼会听从他的话语，到他身边。我们是谁？身为人的意义是什么？在他拥有真名、拥有智识、拥有力量之前，鹰已在他体内。接着才有了身为人的部分、法师的部分，以及更多的部分……他已是我们无法命名的。而人皆如此。”

坐在炉边望着火焰的女孩聆听，她看到那只隼，看到那人，看到鸟群飞到他身边，听从他的话语，听他呼唤它们的名字，它们拍打着翅膀飞临，以锐爪抓住他的手臂；女孩看到自己是只隼，一只带着野性的鸟。

第七章

老鼠

MICE

将欧吉安的讯息带到中谷农庄的买羊人镇生，某日午后来到法师的屋子。

“欧吉安大爷已经不在了，你会卖了他的羊吗？”

“可能吧。”恬娜不置可否。她已经开始思考，若留在锐亚白该如何过活。欧吉安也像其他巫师一样，受依赖他技力的人供养，这包括弓忒岛上每个人。只要他开口，就会有人满怀感激地送上他需要的事物，以区区薄礼博得法师的好感，的确划算。但他从不要求什么，反而总是不得不送出别人提供或径自留置门口的多余食物、衣物、工具、家畜等各类生活必需品及摆设。“我要这些何用？”他会两手抱着愤怒吵杂的鸡、一大捆织锦或好几罐腌甜菜，困惑地询问。

但恬娜将她的生计都留在中谷。她仓促离开时，没想过会留多久。她没随身带着火石私藏的七片象牙钱，不过在村里，那笔钱除了用来买地买家畜，与贩卖帕猁威毛皮、洛拔纳瑞丝绸给富农及小领主的弓忒港行商交易外，也没多大用处。火石的农场供给她和瑟鲁一切日常所需，但欧吉安的六只山羊、豆藤与洋葱是怡情养性用的，而非必需品。她一直依靠他的存粮、村民看在他面子上送她的一些礼物与蘑丝阿姨的慷慨赠予过活。昨天女巫才说："亲爱的，我的环颈鸡刚孵化一窝小鸡，等它们开始可以自己吃东西后，我带两三只给你。法师不肯养，嫌它们又笨又吵，但门前没有小鸡在跑的屋子像什么样？"

蘑丝自己的鸡群的确总是随意进出她的大门、睡在她床上，为那黑暗、烟雾弥漫、臭气冲天的房子增添更浓烈、更奇妙的气味。

"有只褐白相间的一岁母羊，产的奶很不错。"恬娜对那尖瘦脸男人说。

"可能的话，我想买一整群。"他说，"总共只有五六只，对吗？"

"六只。你要看的话，它们都在上面的牧地那儿。"

"我会过去看看。"但他没移动。双方当然都不会表现得太急切。

"看到那艘大船进港了吗？"他说。

欧吉安的屋子面朝西北，因此只看得到海湾多岩的岬角与雄武双崖，但在村里某几处，则可沿着通往弓忒港的陡峭山路，直视码头及整个港湾。赏船是锐亚白普遍的休闲，通常有一两位老者坐在铁匠屋后的长椅上，盘踞最佳观景点，虽然他们很可能一辈子从没走过那条通往弓忒港的十五里弯道，但他们依然看着船只往来，将那奇特却熟悉的景象当作娱乐。

“铁匠儿子说是从黑弗诺来的。他那时在港口采购铁块。昨天很晚才进港。他说那艘大船来自黑弗诺大港。”

他说话可能只是为了不让她思考羊群的价钱，狡狯的眼神可能只是眼睛天生的形状。但弓忒这块穷乡僻壤，这个只以巫师、海盗、山羊出名的小岛，不是黑弗诺大港经常交易的对象，而“大船”这词让她莫名惊慌，或许心烦。

“他说黑弗诺现在有王了。”买羊人瞥了她一眼，继续说道。

“这可能是好事。”恬娜说道。

镇生点点头。“或许可以赶走那些外地来的混混。”

恬娜和善地点了点她那颗外地来的脑袋。

“但在港里，或许有些人会不太高兴。”他指的是弓忒的海盗船长，近年来，他们完全控制东北海域，长久以来连接群屿区中心岛屿的许多商船航程，都遭受扰乱或弃置，因此而肥了海盗，却瘦了弓忒岛民。即便如此，海盗依然是大多数弓忒人眼中的英雄。天知道，说不定恬娜的儿子就是海盗船上的水手，说不定还比在稳定商船上更为安全。俗话说，“宁为猛鲨，不为驯鲱”。

“无论如何，总会有人不满。”恬娜反射性地顺着话头接话，但感到非常不耐，因此起身继续道，“我带你去看羊，你可以自己看看。我们不知道会单卖还是全卖。”然后她带那男人到牧地，留下他独自一人。她不喜欢他，虽然他带来一两次坏消息并非他的错，但他眼光浮动；她不喜欢他的出现，她不会将欧吉安的山羊卖给他，连希皮都不卖。

他一无所获地离开后，她自觉心神不宁。她对他说：“我们不知道会不会卖。”说我们而非我是件蠢事，因为他没有要求与雀鹰谈话，甚至没提到他，与女人议价的男人经常这么做，尤其在她拒绝他的出价时。

她不知道村人如何看待雀鹰在村子里的出现和消失。欧吉安虽然疏远、沉默、在某些方面令人害怕，却依然是他们的法师、村民。他们可能会以雀鹰之名为傲，因为他住过锐亚白，也做过大事，像是在九十屿智取恶龙、将厄瑞亚拜之环从不知名处带回等等，但他们互不相识。他来后从未进过村子，只去过森林、野地。她从来没多想，但他和瑟鲁一样坚决避开村庄。

他们一定谈论过他。这是个村庄，村民都多话，但巫师与法师行事的流言蜚语传不远。事情太诡异，力之子的生活跟他们的比起来太过奇异，也太不同。“算了。”在中谷时，每当有人过度臆测某个暂留的天候师或他们自己的巫师毕榉时，她听过村民这么说，“算了。他走他的阳关道，我们过我们的独木桥。”

至于她自己，她留下来照顾、服侍这样一位力之子，对他们而言亦无可置喙，又是一件“算了”的事情。她自己也不常去村里，他们待她称不上友善，也说不上不友善。她曾住在织工阿扇的小屋里，她是老法师的养女，他派镇生下山找她，这些都没问题；但她带那孩子来，脸孔如此丑陋。谁会自愿带着这样的孩子，在光天化日下行走？什么样的女人会是巫师的学生、巫师的看护？绝对与巫术有关，而且还是外地来的巫术。但话说回来，她曾是中谷那儿的富农之妻，虽然他已过世，而她是寡妇。不过谁搞得懂那些巫师的行为？算了，最好算了……

她迎面遇上路过花园栅栏的地海大法师，说：“据说有船从黑弗诺城来。”

他停步不前，恍惚地晃了一下，又很快地控制住了，但他看起来像要转身而逃，像是老鼠躲避猎隼那般落荒而逃。

“格得！”她说，“怎么了？”

“我不能，”他道，“我不能面对他们。”

“谁？”

“他派来的人。王派来的人。”

他的脸倏地死白，如同刚来时一般，同时四处环顾寻找藏身之所。

他的恐惧如此焦急而毫无防备，让她只希望想法子解救他。“你无需见他们。如果有人来，我会赶走他们。进屋里来，你一整天没吃东西了。”

“刚有人来过。”他说道。

“是镇生，来买羊，我把他打发走了。来吧！”

他跟在她身后，两人都进了屋，她关上门。

“格得，他们决不会伤害你。他们也没理由这么做吧？”

他在桌边坐下，呆滞地摇摇头。“不，不。”

“他们知道你在这儿吗？”

“我不知道。”

“你在怕什么？”她问道，并非不耐，而是带着一丝理智的权威。

他举起双手盖住脸，摩挲太阳穴与前额，垂下头。“我曾经是……”他说，“但我已不是……”

他戛然而止。

她拦住他的话头，说道：“没关系，没关系。”她不敢碰触他，以免任何仿若怜悯的举措加深他的耻辱。她对他感到生气，也替他生气，“无论你在何处、拥有何种身份，你选择做什么或不做什么，都与他们毫不相干！如果他们前来窥看，只能带着好奇离开。”这是云雀常挂在嘴边的一句话，恬娜渴望有个平凡但脑袋清晰的女性陪在身边，“话说回来，这艘船可能与你无关。他们可能是来将海盗赶回家，如果哪天王终于办了这事儿，也真不错……我在橱柜后头找到几瓶酒，天知道欧吉安把它们藏了多久，我想我们俩都需要喝一杯，再吃点面包跟奶酪。小家伙吃过饭，跟石南去抓青蛙了，今天晚餐可能有青蛙腿可吃，不过现在先来点面包、奶酪，再配上酒。不知道是从哪儿来、谁送给欧吉安，也不知道放多久了。”她就这样絮絮叨叨，免除了他回答的责任或因为沉默而产生误解的尴尬，直到他熬过了羞耻感发作的危机。他们吃了点东西，喝下一杯陈年温润红酒。

“恬娜，我最好离开这里。”他说，“直到学会如何成为现在的自己。”

“到哪儿？”

“上山去。”

“像欧吉安一样流浪吗？”她看着他。她记得与他在峨团的路上行走，讥笑地问他，“法师常乞讨吗？”而他回答：“是的，不过也会尽力回报。”

她小心翼翼问他：“你能靠当天候师或寻查师撑一阵子吗？”

她斟满他的酒杯。

他摇摇头，喝口酒，别开头。“不能，”他说，“都不行，这类的都不行。”

她不相信。她想反抗、想否认，想对他说：怎么可能，你怎么能这么说……好像你忘记了你知道的一切，你从欧吉安那儿、在柔克，还有在旅程中所学的一切！你不可能忘得了那些真言、真名，不可能忘了如何操控你的技艺！你的力量是你学到的，是你努力得来的！她吞下这些话，但喃喃道：“我不懂，怎么可能全部……”

“一杯水。”他说，轻轻地倾倒杯子，仿佛要将它倒干。一阵沉默后，他说：“我不了解的是，他为什么要带我回来。年轻人的善良其实是种残忍……所以我还在这儿，必须继续走下去，直到我能回去。”

她不完全了解他的意思，但她听到某种责怪或抱怨的意味，而这样的话由他说出，分外令她震惊、气愤。她严厉地回了一句：“是凯拉辛带你来的。”

关上门之后屋内显得特别昏暗，只有面西的小窗邀进几缕午后天光。她看不清他的表情，但他终于带着浅影般的微笑，举起酒杯对她致意。

“这瓶酒，一定是某位大商贾或海盗船长送给欧吉安的。”

他说，“我从没喝过这么好的酒，连在黑弗诺时也没有。”他把玩厚玻璃杯，低头看它，“我会为自己取个新名字，然后穿过山区，朝我老家阿耳河河口及东树林走。他们现在该在晒稻草，晒稻草与收割时总需要人手。”

她不知道该如何回答。他这般脆弱、病容消瘦，会雇用他的人无非出于同情或残忍，而就算得到工作，他也做不来。

“路上已经不像以前那样平静了，”她说，“最近几年，到处都有小偷跟匪帮。镇生那家伙叫那些人‘外地来的混混’，但无论如何，单独旅行已经不安全了。”

她透过暮色看着他的反应，突然惊觉：从来无须惧怕旁人是何种感觉？需要学习如何害怕又是什么感觉？

“欧吉安也到处……”他开口道，又抿住嘴，他想起欧吉安是法师。

“岛南边，”恬娜说道，“有很多人放牧，绵羊、山羊、牛群都有。他们会在长舞节前把牲口赶上山放牧，直到雨季开始。他们经常需要赶牧人。”她喝口酒，那酒尝起来像龙的名字，“但你为什么不能待在这里？”

“不能待在欧吉安这儿，他们必定先来此找我。”

“他们来了又如何？他们会要你做什么？”

“成为我曾是的那人。”

声音中的凄寥让她一凛。

她沉默，试图忆起握有力量、身为被食者、峨团陵墓第一女祭司的感觉，然后失去一切、抛弃一切，成为只是恬娜，只是她自己；她回想曾经站在女性生命巅峰，有夫有子，然后失去一切，年华老去，沦为寡妇，毫无力量。但即便如此，她依然觉得自己不了解他的羞耻，或耻辱带来的痛苦。或许只有男人会如此感受，而女人已经习惯于羞耻。

或许蘑丝阿姨是对的，核肉消失时，壳也空了。

女巫之言，她想。为了转移他跟自己的注意力，也因为温润炙热的酒液让她的思绪、舌头更为急躁，她说："你知道吗？那时欧吉安愿意教导我，但我却不肯继续，找了个农夫嫁了，我那样做时就想——我结婚那天还在想——格得要是听到肯定气极了！"她边说边笑。

"的确。"他说道。

她等待。

他说道："我很失望。"

"生气？"她说。

"生气。"他说。

他为她斟满酒。

"我当时还有力量，能识得力量。"他说，"而你……你在那可怕的地方，那座大迷宫，在那黑暗中发光……”

“好吧，那你说，我该拿我的力量和欧吉安试着教导我的知识怎么办？”

“用。”

“怎么用？”

“像魔法技艺的用法。”

“谁用？”

“法师。”他略带痛苦地说。

“魔法意谓巫师与法师的技术、技艺？”

“还能有什么意思？”

“永远只能有这个意思吗？”

他思索，抬起头来瞥了她一两眼。

“欧吉安在火炉那边教导我古语字词时，”她说，“它们在我口中就如同在他口中一样困难、也一样简单，仿佛学习我出生前便使用的语言。但其余民间法术、巫力符文、咒语、规则、召唤力量，对我来说都是死的，是别人的语言。我以前常想，你可以给我战袍，让我手持长枪、长剑、配羽等，全副武装，但那都不适合我，对不对？我拿把剑做什么？这样就会让我成为英雄吗？我只会是个穿着不合身衣服的我，连路都走不动。”

她啜一口酒。

“所以我脱下一切，”她说道，“穿起自己的衣服。”

“你离开欧吉安时，他说了什么？”

“欧吉安通常说什么？”

这句话又引出浅影般的微笑，他没说话。

她点点头。

过了一会儿，她轻轻地说道：“他收容我，是因为你将我托付给他。在你之后，他便不想收任何学徒，而为了你、应你所求，他才会接纳一名女子。但他爱我、尊重我，我也爱他、敬重他。只是他给不了我要的，我也拿不起他给的，他知道。不过，格得，他看到瑟鲁时完全不一样，在他过世前一天。力量会识得力量——你这么说，蘑丝也这么说。我不知道欧吉安看到了什么，但他说，‘教导她！’然后他说……”

格得等待。

“他说，‘人们会怕她。’然后说，‘教导她一切！别去柔克。’我不懂他的意思。我怎么可能知道？如果我当初留在他身边，我可能会了解，我可能可以教她。但我想，格得会来，他会知道。我那被错待的孩子，他会知道该教她什么、她需要知道什么。”

“我不知道。”他非常低沉地说，“我看到——在那孩子身上我只看到——胡作非为的邪恶。”

他饮尽杯中酒。

“我什么都给不了她。”他说。

门上响起敲门声。他立刻无助地转身站起，找寻藏身处。

恬娜走到门口，开了一条缝，还没看到就闻出是蘑丝阿姨。

“村里来了男人。”老妇夸张地悄声道，“好几个衣着光鲜的人从港口来，搭乘人家说来自黑弗诺城的大船。有人说是来找大法师的。”

“他不想见他们。”恬娜软弱地说道。她不知道该怎么做。

“我想也是。”女巫说道。然后，在一阵期待的沉默后，“那他在哪里？”

“这里。”雀鹰说，走到门口，将门打开些。蘑丝瞄了他一眼，什么都没说。“他们知道我在哪儿吗？”

“我什么都没说。”蘑丝说道。

“如果他们来，”恬娜说道，“你只要叫他们走就好……毕竟你是大法师……”

他跟蘑丝都没听她说话。

“他们不会来我家的。”蘑丝说，“你想来，就来吧。”

他跟着女巫离开，只看了恬娜一眼，却什么也没说。

“那我该跟他们说什么？”她质问。

“什么都别说，亲爱的。”女巫说。

石南跟瑟鲁从沼泽回来，网袋里装了七只死青蛙，恬娜忙着割下蛙腿、剥皮，为两人准备晚餐。她刚结束工作，就听到外面的人声，抬起头，看到大开的门外有人站着：几个戴帽子的男人、一道金色、一抹亮光……“葛哈女士吗？”一个彬彬有礼的声音问道。

“进来吧！”她说。

五名男子进了屋内，在低矮屋中人数看起来有两倍多，个个高大英挺。他们环顾四周，恬娜也跟着他们的视线看过去。

他们看到一位妇人站在桌前，握着一把长尖刀，桌上放着一块砧板，砧板旁放着一小堆裸露的白绿色蛙腿，另一旁是堆肥胖、血淋淋的死蛙。门后的阴影中躲藏着某个东西，是个小孩，但扭曲、变形，只有半张脸、手像枯爪。在唯一一扇窗户下，壁龛里的床上坐着一名高大瘦削的年轻女子，张大嘴盯着他们。她双手沾满血水、污泥，潮湿的裙子泛着沼泽泥水味。她发现他们看到她时，试着用裙子遮住脸，结果露出了大腿。

他们避不看她，也不看那孩子，只好看着拿着死蛙的妇人。

“葛哈女士。”其中一人重复道。

“我是。”她回道。

“我们来自黑弗诺，受王派遣而来，”一个彬彬有礼的声音说道。逆着光，她看不清楚他们的脸。“我们想找大法师，弓忒的雀鹰。黎白南王将于秋分之际举行加冕，还望大法师，王的尊主与挚友，陪同准备加冕事宜，若蒙同意，也请为王加冕。”

那男子说话沉稳合礼，仿佛面对宫中仕女。他身穿朴素的皮革长裤与一件亚麻衫，虽因从弓忒港一路爬坡而满沾尘土，但看得出质料极好，在领口处绣有金线。

“他不在这儿。”恬娜说道。

村里的男童从门口探进、退缩，又探头进屋，然后大叫着跑走了。

“葛哈女士，也许您愿意告诉我们他的行踪。”男子说道。

“我不能说。”

她看着他们一行人，起先感到恐惧，也许是受雀鹰的慌乱感染，抑或是看到陌生人而引起的愚蠢不安，稍后这些感情逐渐消退。她站在欧吉安的屋内，很明白为什么欧吉安从未惧怕大人物。

“你们大老远过来一定很累了，”她说，“要不要坐一会儿？我有点酒，让我先把杯子洗起来。”

她端着砧板走到壁柜，把蛙腿收进橱柜，将残余刮进馊水桶（石南会提去给织工阿扇喂猪），在水槽洗净双手、手臂与刀子，倒入清水，冲洗她跟雀鹰刚用过的两只玻璃杯。柜子里还有一只玻璃杯和两只没有手把的陶杯。她把杯子放在桌上，为访客倒酒，瓶中余酒恰好足够他们享用一轮。他们对望，没有坐下，椅数不足正好是个谢绝的理由，但做客之道让他们不得不接受她送上的酒。每人一面礼貌地喃喃道谢，一面从她手中接过玻璃杯或陶杯。向她举杯致意后，他们啜饮一口。

“天哪！”一人赞道。

“安卓群屿，晚收年。”另一人睁圆眼睛说道。

第二人摇摇头。“安卓群屿，龙年酿。”他严肃地说。

第四人点点头，然后崇敬地又啜了一口。

第五人，也就是首先开口的人，将手中陶杯对恬娜再次高举，说道：“女士，您以皇室佳酿款待。”

“这是欧吉安的。”她说，“这曾是欧吉安的房子，现在是艾哈耳的。诸位大人知道吧？”

“是的，女士。王派我等前来此处，因为王认为大法师会来此地，当屋主去世的消息传到柔克及黑弗诺时，王更为确信。然而是龙将大法师从柔克带走的。自那时起，既无只字片语，也无信差传讯至柔克或王。王的心意乃是想确知大法师是否身在此处，是否一切安好；这也是我等众人所企愿。女士，他到过此处吗？”

“我不能说。”她说，但这是拙劣又重复的谎言，她看得出来这些人都这么认为。她挺直背脊，走到桌后，“我的意思是，我不愿说。我想如果大法师想来，他就会来；如果他不希望被找到，你们就找不到他。你们自然不会违抗他的意愿，硬逼他出现。”

其中最年长、最高大的男子说："王的意愿就是我们的意愿。"

最先发言者以安抚的口吻说道："我们只是信使。王及诸岛大法师之间的事，我们无权过问，我们只求将讯息带到，同时获得回音。"

"如果可以，我会负责将你们的讯息传达给他。"

"回音呢？"最年长的男子质问道。

她什么都没说。最先发言者说道："锐亚白领主听说我们的船舰抵达，便尽地主之谊，因此我们会在领主宅邸盘桓数日。"

她莫名感觉仿佛被设下了陷阱，或被绞绳缩紧。雀鹰的脆弱，他对自己弱点的感受影响了她。心烦意乱之下，她利用她的外表——表面上只是守分的妇人、中年主妇。但这真的只是表面吗？这也是事实，甚至比巫师的伪装变形更微妙。她俯首，说道："这比较适合大人贵体。我们这儿的生活非常俭朴，像老法师当年一样。"

"而且喝着安卓群屿的酒。"那名认出酒浆来历的人，眼神明亮，外貌英俊，带着迷人的微笑说道。她继续扮演她的角色，头颈低垂。但在他们向她告别，鱼贯而出时，她知道无论她表面像什么或实际是什么，即便他们现在不知道她就是"环之恬娜"，也很快就会知道，因此也会知道她认得大法师本人；如果他们下定决心要找出他的下落，向导非她莫属。

他们离开后，她大呼一口气。石南也如法炮制，终于闭上了一直大张的嘴。

“天，我从没有过。”她以深沉、全然满足的语调说道，然后就出门去看看山羊跑哪儿去了。

瑟鲁从门后角落跑出，她刚刚用欧吉安的巫杖、恬娜的赤杨杖、自己的榛树棍为自己组了个小小屏障，与陌生人完全隔离。自他们来到此处后，她又紧绷着身体、闪躲侧身走动、不敢抬头，低俯烧毁的半脸藏于肩头，她已经很久不这样了。

恬娜走到她身边跪下，将她抱在怀中。“瑟鲁，他们不会伤害你。他们没有恶意。”

孩子不肯看她。她像块木头般的让恬娜抱着。

“你如果不愿意，我就不再让他们进屋。”

过了一会儿，孩子在她怀里动了动，以沙哑浓重的声音问她：“他们要对雀鹰做什么？”

“什么都不会做。”恬娜说道，“不会伤害他！他们……他们是想来给他荣耀。”

但她已了解，他们想给他荣耀时，会对他造成什么样的伤害——否认他的损失、否认他因丧失而生的哀伤，强迫他以他不再是的身份行动。

她放开孩子，瑟鲁走到壁橱，拿出欧吉安的扫把，很吃力地扫着黑弗诺男人脚踏之处，扫走他们的足印，将足印的灰尘扫出门，扫下台阶。

看着她，恬娜做了决定。

她走到放着欧吉安三本大书的书柜前翻找，发现了几枝鹅毛笔、一瓶半干的墨水，但半张纸或羊皮纸都没有。她咬了咬牙，很不情愿如此对待书这般珍贵的对象——她在符文书空白末页轻划，撕下一段纸条。她坐在桌前，沾湿笔尖，开始书写。不足的墨水跟字词都让她难以下笔。自她坐在同一张桌前，欧吉安在她身后看望，教导她赫语符文与巫力符文后二十五年来，她几乎什么都没写过。她写道：

往中古到清溪的橡木农庄

说葛哈派去照看花园跟羊

书写与重读花了她几乎同样长的时间。这时瑟鲁已扫完地，在旁非常专心地看着。

她加了两个字：

今晚

“石南在哪儿？”她问孩子，将纸片一折再折，“我要她把这拿到蘑丝阿姨的房子。”

她渴望自己去，去见见雀鹰，却不敢让别人看到她去，以免他们正盯着她，等她领他们找到他。

“我去。”瑟鲁悄声道。

恬娜敏锐地看了她一眼。

“你必须自己去，瑟鲁，穿过村子。”

孩子点点头。

“只能交给他！”

她再点点头。

恬娜将纸片塞进孩子口袋，抱着她，吻她，放她走。瑟鲁去了，不再蹲踞斜行，而是自由奔跑、飞跃。恬娜看着她消失在门外昏暗的暮光中，心想，像鸟儿、像龙、像孩子般飞跃。自由。

第八章

鹰

HAWKS

瑟鲁很快便带着雀鹰的回复返家：“他说他今晚就走。”

恬娜满意地听着消息，庆幸他接受她的计划，能远离他害怕的讯息跟信使。但等她用蛙腿大餐喂饱石南跟瑟鲁，把瑟鲁抱上床，唱歌哄她入睡后，她在一片黑暗中独坐，心情开始变得沉重。他走了。他不够健壮，他迷惘而不确定，他需要朋友，她却要他离开已是朋友与愿意与他成为朋友的人。他走了，但她必须留下，引开猎犬，至少要知道他们打算留在弓忒还是返回黑弗诺。

他的惊慌，以及她对这份惊慌的顺从，开始显得如此不合情理，甚至让她认为他离开也同样不合情理、不可能。他会善用智慧，躲在蘑丝家，因为整个地海中，这是王最不可能去找大法师的地方。他最好待在那儿直到王的使者离开，然后就可以回到欧吉安的房子，他的归属之处，一切将会继续，她照顾他直到他精力恢复，他则给予她亲密陪伴。

门口出现一道影子，遮蔽了星辰。“嘘！醒着吗？”蘑丝阿姨走进屋内，“好啦，他出发了。”她如同谋般兴奋地说道，“走老林道。他说他明天会穿过森林到通往中谷的路，一路走过橡木泉。”

“很好。”恬娜说道。

蘑丝比平常更大胆地自顾自坐下。“我给了他一条面包和一点奶酪在路上吃。”

“谢谢你，蘑丝，你真好心。”

“葛哈夫人，”蘑丝在黑暗中的声音又带着她诵咒与施法时的吟唱语调，“亲爱的，我一直想就我能力所及告诉你一些事，但我知道你曾与大人物同行，也曾身为其中之一，每次想到这儿，就不敢再开口。不过我知道有些事情，即使你学会符文、太古语，还掌握着在异邦向那些智者习得的所有知识，你还是不会知道。”

“没错，蘑丝。”

“那就好。所以我们说到那些女巫识得女巫、力量识得力量的事时，我也讲了，那个已离开的人，无论他以前是什么，他现在都不再是了。你当时否认这点，但我说对了，是不是？”

“是的。”

“哎，我说对了。”

“他自己也这样说。”

“他当然会这样说。我可以说他那个人啊，不会说谎，不会说东说西搞得人头昏脑涨，也不会没牛还试着赶车。但我很坦白地说，我很高兴他不在了，因为他现在已经不是那么回事儿了，所以已经行不通，再也行不通了，就这样。”

除了“没牛还试着赶车”这句，恬娜完全不懂蘑丝在说什么。“我不知道他为什么这么害怕，”她说，“哎，我是知道一些，但我不了解，为什么他会感到如此羞耻，但我知道他认为他应该死。我知道我对生存所知的一切，就是有事要做，也有能力去做；那是喜悦、荣耀，一切。而如果不能再做那些事，或是那些事被剥夺了，那还有什么用呢？人一定得有什么……”

蘑丝边听边点头，仿佛受益良多，但随即又说：“一个老头子突然变得像个十五岁男孩，一定是件怪事儿。”

恬娜几乎要问：“你在说什么啊，蘑丝？”却莫名住口。她发现她一直竖直耳朵，等着格得从山中漫游回到屋内，她等着听到他的声音，她的身体否认他已经离去的事实。她突然瞥向蹲坐在欧吉安火炉旁椅子上、包在一团黑暗中的女巫。

“啊！”她说道，许多思绪突然同时涌入她脑海。

“难怪，”她说，“难怪我从来没有……”

经过了颇长一段静默后，她说：“他们……巫师……这是个咒法吗？”

“当然是，当然是，亲爱的。”蘑丝道，“他们对自己下了咒。也有人说他们是做了交易，像反过来的婚约，有誓言之类的，以获得力量，但我觉得这听起来不太对，就像是跟太古之力打交道，真正的女巫不会做那种事。老法师跟我说他们没做这类事儿，不过我知道有些女巫会这么做，好在也没什么坏处。”

“养大我的那些人就这么做，发誓守贞。”

“喔，对了，你跟我说过，那里没有男人。还有那些‘太坚’。太可怕了！”

“但为什么，为什么……我从没想过……”

女巫大声笑道：“这就是他们的力量啊，亲爱的。你想不到！你不能！他们一旦施了法，自己也想不到。怎么可能呢？放掉力量吗？不行的，可不是吗？不行的。没有付出就没有收获，所有人都该这样。所以那些男巫知道，那些力之子，他们比任何人都明白这点。但你知道，要男人不当男人是很不自在的，就算他能把太阳从天上叫下来也一样。所以他们用束缚咒把这事完全抛到脑后，也真的做到了。就算现在时日不好，咒文常常出错啦，但我还没听过有哪个巫师打破这咒文，用力量满足自己的肉欲，就连最糟的巫师也不敢。当然，还是有那些会用幻术的，不过他们只是自欺欺人；还有些成不了气候的小男巫，会耍耍巫术的那种，他们会试着对村妇施迷惑咒。但在我看来，这些小咒语都算不了什么。重要的是，两种力量都一样大，互不侵犯。我是这么想的。”

恬娜坐着思索，深陷其中。终于她说道：“他们将自己隔绝起来。”

“哎，巫师必须如此。”

“但你没有。”

“我？我只是个老女巫啊，亲爱的。”

“多老？”

一分钟后，蘑丝的声音在黑暗里响起，带着一丝笑意：“老到不会去惹麻烦了。”

“但你说过……你未曾禁欲。”

“那是什么意思，亲爱的？”

“像巫师那样。”

“喔，没有。没有，没有！没什么值得看的，但我知道怎么看他们……那不是巫术，你知道，亲爱的，你知道我在说啥……抛个眼神，然后男人一定会过来，就像乌鸦一定会呀呀叫一样。可能一天、两天，或三天后，他会来我这儿，‘我家狗儿需要治病’‘我需要草药茶给我奶奶喝’，我知道他们想要什么，如果我够喜欢他们，他们说不定可以如愿。至于爱，想得到爱——我不是那种人。也许有些女巫是，但我要说她们污蔑了自己的技艺。我为钱施展技艺，但我从爱中享受欢愉，我是这么想的。不过也不全是欢愉。我曾迷恋这里某个男人好久，好几年，他长得很好看，但心地又硬又冷。他早死了，他就是那个后来搬回来住的镇生的老爹，你知道他是谁嘛。哎，我那时对那男人醉心到用尽自己所有的技艺，在他身上下了好多迷咒，但都白费了。什么都没有。萝卜挤不出血来。当初我会在还年轻时来锐亚白，就是因为在弓忒港惹了男人的麻烦。我不能提这些，因为他们都是有钱有势的人家。有力量的是他们，不是我！他们不要儿子跟我这样一个普通女孩混在一起，他们叫我肮脏的荡妇。如果我没逃到这儿来，他们会把我解决掉，就像杀只猫一样。但是，哎哟，我多喜欢那小子啊，他圆润光滑的手臂跟腿，黑亮的大眼睛，即使过去这么多年，我还记得清清楚楚……"

两人在黑暗中默坐许久。

"蘑丝，你有男人时，得放弃你的力量吗？"

"完全不用。"女巫自满地说。

"但你说过，没有付出就没有收获。难道在这方面，男人与女人不同？"

"亲爱的，有什么是一样的吗？"

"我不知道。"恬娜说，"我觉得大多数差别是我们自己造成的，然后又抱怨连连。我不认为魔法技艺与力量，对男巫或女巫有什么差别——除非力量本质不同，或是技艺不同。”

“亲爱的，男人付出，女人收获。”

恬娜坐着，沉默但不满意。

“跟他们比起来，我们好像只是点小力量。”蘑丝说，“但这力量来自很深的地方，根深蒂固，像丛老黑莓一样。巫师的力量或许就像棵枞木，又大又高又雄伟，但暴风雨一吹就倒了；黑莓丛可是杀不死的。”她发出母鸡般的咯咯笑声，对自己的比喻很满意，“所以啦！”她有力地说，“就像我说的，或许他走了好，否则镇上的人会开始嚼舌根。”

“嚼舌根？”

“你是个节操端正的女人，亲爱的，节操就是女人的财富。”

“女人的财富。”恬娜再次漠然重复，然后说道，“女人的财富、女人的宝藏、女人的私藏、女人的价值……”她再也坐不住，起身伸展背脊、双臂，“像找到山洞的龙，为私藏宝藏建造堡垒，求取安全，所以睡在宝藏上，变成了宝藏。收获、再收获，永远不付出！”

“哪天你失去节操时，”蘑丝淡然说，“你才会了解它的价值。它不是一切，不过很难替代。”

“蘑丝，你会愿意放弃女巫身份以换取节操吗？”

“我不知道。”过了一会儿，蘑丝若有所思地说，“我不知道该怎么知道。我有某方面的天分，但少了别的。”

恬娜走到她身边，握住她的双手。被这举措吓到的蘑丝站起身来，微微退缩，但恬娜把她拉到跟前，吻了她的脸颊。

老妇举起一只手，怯生生地摸了一下恬娜的头发，像欧吉安曾做的那样。然后她自恬娜怀里抽身，嘟哝着该回家了，动身走到门口，又问：“有这么多外地人在这儿，你想要我留下来吗？”

“回去吧。”恬娜说道，“我很习惯外地人了。”

那晚，她躺着入睡时，再次进入充满风和光芒的深渊，但这次光芒雾蒙蒙的，带着红色、橘红色、琥珀色，仿佛空气正在燃烧。她身处此境又不在此处；飞在风中，又成为风。风的吹拂、自由的力量，没有声音在呼唤她。

早晨，她坐在门口的台阶上梳整头发。她不像许多卡耳格人拥有金发——她皮肤白皙但头发是黑的，现在也依然乌黑，几乎没有一丝灰发。既然格得走了，她珍贵的节操也保住了，她决定今天的工作就是洗衣服，顺便用那些洗涤用的热水洗头。她在太阳下晒干长发，梳整。在炎热风大的早晨，火花随着发梳在飞舞的发尾噼啪作响。

瑟鲁走到她的身后看着。恬娜转身，发现她专注到几乎全身发颤。

“怎么了，小鸟儿？”

“火飞出来。”孩子说，带有恐惧或亢奋，“满天都是！”

“这只是从我头发冒出的火花而已。”恬娜说道，有点惊讶。瑟鲁在微笑，而她不记得以前看过这孩子微笑。瑟鲁伸出双手，完整的及烧伤的手，仿佛有某种东西围绕着恬娜松软飘逸的秀发飞舞，而她伸手要碰触、跟随那些飞舞的东西。“火，都飞出来了！”瑟鲁重复道，然后笑出声。

那一刻，恬娜首度自问瑟鲁如何看她、看整个世界，继而明白自己完全不知道。她无法知道，以一只烧去的眼睛能看到些什么，“人们会怕她”，欧吉安的话又在她的耳边回响。但她毫不惧怕这孩子。她反而更用力地梳理长发，让火花飞舞，再次听那细小沙哑的快乐笑声。

她洗净床单、擦碗布、她的内衣、替换的洋装与瑟鲁的洋装，然后（确定山羊都在牧地羊圈里关牢）把衣物平铺在草原干草上晒干，用石头压住，因为风很强劲，带着一丝暮夏的狂野。

瑟鲁正在成长。她大概有八岁了，以这个年纪来说，她仍十分瘦小，但在前两个月，烧伤终于愈合，不再疼痛后，她变得更勇于到处玩耍，也吃得更多。很快，云雀所送的、原本属于她五岁小女儿的旧衣，就要穿不下了。

恬娜想，她可以到村里拜访织工阿扇，看看他有没有一两块零头布，让她用喂猪的馊水交换。她想帮瑟鲁缝些衣物穿，也想探望老阿扇。欧吉安过世与格得病养，让她与村里熟人疏离。她确认瑟鲁跟石南在一起，然后往村子出发，一面这么想着：他们两人像往常一般，将她拉离她知晓的一切，包括她知道该如何做的事，与她选择的世界——没有王与后，没有超凡力量与征服，没有高等技艺、旅程跟冒险，只有平凡人做平凡事，如结婚、养孩子、种地、缝纫、洗衣。她带着一丝报复想着，好似要把思绪射向此刻前往中谷途中的格得。她想象他走在路上，接近她跟瑟鲁曾共眠的小山谷；她想象那纤瘦的灰发男子独自沉默行走，口袋里放着女巫给的半条面包，心里放着沉沉一担愁苦。

或许你该搞明白了。她想着，你该明白自己在柔克可没学得无所不知！正当她如此在脑海里对他说教时，另一个影像插入：她看到格得附近有个之前在路上等着她跟瑟鲁的男人。她不由自主地说："格得，小心！"担心他，因为他连棍子都没拿。她看到的不是那个嘴上长毛的大块头，而是另一个戴皮帽的年轻男人，那个盯视瑟鲁的男人。

她抬起头，看着阿扇房子旁的一间小屋，她当年在此处的住所。在她与房子之间有个人走过，正是那个她记忆中，或想象中的男人，那个戴皮帽的男人。他经过村屋门口，走过织工屋前，他没看到恬娜。她看着他毫不迟疑地走过村里的街道。他要不是往山路的转弯口走，就是朝大宅去。

恬娜不假思索地远远尾随在后，直到看清他转向何处。他上了山，往锐亚白领主的宅邸走去，而非格得选择的道路。

她立时转身，去探望老阿扇。

虽然阿扇像许多织工一样，几乎离群索居，但仍以他害羞的方式对当年的卡耳格女孩表示了善意，并随时准备保护她。她想，多少人保护过她的节操啊！现在阿扇的眼睛几乎失明了，他收了名学徒来担负大部分的纺织工作。他很高兴有客来访。他仿佛行早朝般坐在一张老旧的木雕椅上，头上挂着他通名的由来——一把非常大的漆画扇，是他家的传家之宝。据说这是一名慷慨的海盗给他祖父的谢礼，因为他为他赶制船帆。这把漆画扇展开着挂在墙上展示。恬娜再度看到这把扇子，扇面上精细地描绘着身穿灿烂玫瑰色、翡翠色、碧蓝色服饰的男女形象，以及黑弗诺大港的高塔、桥梁、旌旗，立时让她感到熟悉。来锐亚白的访客经常被带来看这把扇子，众人一致同意，这是整个村子里最贵重的东西。

她赞美扇子，知道这会让老人非常高兴，也因它的确非常美丽。然后老人说道：“你在过往的旅行途中，没看过多少这样的好东西吧？”

“没有，没有。整个中谷都没有这样的东西。”她说道。

“你住在我的小屋时，我有没有让你看另一面？”

“另一面？没有。”听到这回答，老翁说什么都要拿下扇子，不过得是她爬上去把扇子拿下来，因为老人眼睛不好，也爬不上椅子。他紧张地指挥她，她将扇子放在他手中，他老眼昏花地检视，半闭双眼以确定扇骨可自由滑动，然后合起扇子，转面，交给她。

“慢慢打开。”他说。

她依言展开。扇折缓移，龙也同样缓移。淡雅细致地绘在泛黄丝绸上的是浅红、蓝、绿色龙群，它们在游动、在聚拢，如同另一面的人像群众在云间、山峦间。

“把它举起来，对着光。”老阿扇说道。

她照做，然后看到光线穿透扇子，让两幅画合而为一，云朵及山峦化为城中高塔，男女背有龙翼，龙亦以人眼望出。

“你看到了吗？”

“看到了。”她喃喃道。

“我现在看不到，但它在我的脑海里。我没让太多人看。”

“这真是非常奇妙。”

“我一直想拿给老法师看，”阿扇说道，“但忙着忙着就忘了。”

恬娜再次将扇子迎光转动，然后将它照旧架好。龙隐藏在黑暗中，男女在白日下行走。

阿扇接着带她出去看他养的一对猪，长得十分健壮，依此长势，秋季便可以制成香肠。他们讨论了石南提馊水的缺点。恬娜问他，能不能要块零头布帮小孩做件洋装，他非常乐意，为她拉出一大匹细致的亚麻布；而他的学徒，一名年轻妇女，在宽大织布机上蹙眉埋首工作，仿佛将他的孤僻连同技艺一并学起。

走路回家时，恬娜想象着瑟鲁坐在那织布机面前的样子，那将是一份体面的工作。总的来说这份工作很枯燥，不断重复相同动作，但纺织是门高尚的手艺，在有些人手中甚至是高贵的艺术。所有人都认为，织工因常关在门内工作，所以比较害羞、经常未婚，但他们依然受尊敬；而且，在屋内的织布机前工作，瑟鲁便无须让人看到她的脸。但是那只枯爪般的手呢？那只手能丢梭子、排织线吗？

难道她要躲一辈子吗？

但她还能怎么办？“你知道她的人生会如何……”

恬娜要自己想点别的事情，想她要做的洋装。云雀女儿的洋装用家里的粗糙手织布做成，跟泥土一样朴素。她或许可以把这块布一半染黄，或用沼地的红茜草根染红，然后搭配一片白色围裙或罩裙，缀上花边。难道这孩子就该藏在黑暗中的织布机前，裙子上永远没有花边吗？如果她小心裁剪，应该还有足够的布做件衬衣和第二条围裙。

“瑟鲁！”近家门时，她喊。她离开时，石南与瑟鲁都在金雀花牧地里。她又喊了一次，想给瑟鲁看布料，告诉她洋装的事。石南从泉屋后走出，用绳子拖着希皮。

“瑟鲁在哪儿？”

“跟你在一起。”石南回答得如此平静，以致恬娜开始四下张望，直到她了解，石南完全不知道瑟鲁在哪儿，只是说出自己所希望。

“你把她留在哪儿？”

石南完全不知道。她以前从未让恬娜失望，她似乎了解瑟鲁必须像山羊一样随时照看。但或许瑟鲁也对这一点一直非常明白，所以让别人随时看得到她？恬娜如此想，而石南既然无法提供明确指引，她只好开始四处寻找、呼唤孩子，但毫无回音。

瑟鲁总是尽可能地远离悬崖边。从她们到这里的第一天起，她就对瑟鲁说过，因为单眼的视力无法明确判断距离或深浅，所以绝不可以单独走到屋下陡峭的草原，或沿北边陡崖走。孩子听了她的话，她一直都很听话。或许小孩子健忘？但瑟鲁不会忘记的。她也许不知不觉靠近了崖边？她一定去了蘑丝家，没错，因为昨晚她独自去过，她会再去那儿。一定是。

她不在那里。蘑丝没见到她。

“我会找到她，我会找到她，亲爱的。”她安慰恬娜，但她没有像恬娜期望的那样，沿着林径上山找人，而是开始结起头发，准备施寻查咒。

恬娜跑回欧吉安屋内，一再呼唤。这次她望向屋下陡峭的草原，希望看到一个小小身影蹲在大石边嬉戏。但在地势下降的草原彼端，她只看得见漆黑且波纹连连的大海。她感到晕眩和沮丧。

她走到欧吉安墓边，然后深入一小段林径，她边走边喊。当她穿过草地折返时，那只红隼正在上次格得看它打猎的同一地点盘旋狩猎。这次它俯冲、攻击，利爪抓着某只小动物飞起，往森林快速飞去。它要去哺育雏鸟，恬娜想。经过晒在草地上的衣物时，各种思绪非常清晰明确地穿过她脑海：衣服干了，该在天黑以前收拾起来；她必须更仔细搜寻屋子附近、泉屋、挤奶棚。这是她的错，都是因为她想把瑟鲁变成织工、把她关到黑暗中去工作、要她保有节操，才会让这一切发生。欧吉安说“教导她，教导她一切，恬娜！”时，她知道一个错误不能被弥补，只会变得更糟——那孩子被托付给她，她却失职、背信，将她丢失，丢失了这珍贵、唯一的赠礼。

她进到屋内，搜遍屋舍中的每一条走廊，她再次探头看了看壁龛，还绕过另一张床，最后口干舌燥，为自己倒了杯水。

门后立着三根木棍。欧吉安的巫杖与拐杖在阴影中移动，其中一道影子说："在这里。"

孩子蹲踞在黑暗的角落中，整个人缩成一团，看起来不比小狗大多少，头埋到肩膀里，手臂与腿紧紧地蜷缩着，唯一的眼睛闭着。

"小鸟儿，小燕子，小火苗，怎么了？发生了什么事？有人对你做了什么？"

恬娜抱着如岩石一般闭缩僵硬的小小身体，在臂弯中轻轻摇晃。"你怎么可以这样吓我？你怎么可以这样躲着我？哦，真让我生气！"

她哭泣，泪珠落在孩子脸上。

"喔，瑟鲁，瑟鲁，瑟鲁，不要躲着我！"

一阵战栗窜过，孩子终于慢慢放松了纠结的四肢。瑟鲁动了动，突然攀住恬娜，将脸埋入恬娜前胸与肩膀间的凹隙，更用力攀着，死命抓紧恬娜。她没哭，她从不哭，或许她的泪水已经被烤干了。她没有泪水，但发出一段长长的哀鸣啜泣。

恬娜抱着她，摇着，摇着。非常、非常缓慢地，紧绷的握力开始松弛，头稳稳地枕在恬娜胸前。

"告诉我。"女人喃喃道。孩子软弱、粗哑地悄声道："他来了。”

恬娜最先想到格得，而她仍因恐惧而灵敏的思绪还在继续向前搜寻着，发觉了“他”是谁后，她挖苦地笑了笑，仍旧问：“谁来了？”

没有回答，只有一股由内而发的颤抖。

“一个男人，”恬娜轻轻说，“戴皮帽的男人。”

瑟鲁点点头。

“我们在来这儿的路上看过他。”

没有反应。

“那四人……我对他们发火的人，记得吗？他是其中之一。”

但她想起瑟鲁当时头压得很低，藏起烧伤部分，不敢抬头。她在陌生人面前总是那样。

“瑟鲁，你认得他吗？”

“认得。”

“是你……是你住在河边营帐时认得的？”

瑟鲁又点了点头。

恬娜的手臂环紧她。

“他到这儿来了？”她说，同时所有的恐惧变成愤怒，变成一把火，燃烧着她的全身。

她发出嘲笑似的声音：“哈！”然后想起凯拉辛，如凯拉辛的笑声。

但对人类及女人来说，事情没有那么简单。这簇火必须收敛。必须安慰孩子。

“他看到你了吗？”

“我藏起来了。”

恬娜顺着瑟鲁的头发，终于说：“瑟鲁，他永远碰不到你。听我说，相信我：他再也不会碰触你，他再也看不到你，只要我跟你在一起，到时候让我来对付他。你懂吗，我的宝贝，我的珍宝，小心肝？你不必怕他，你不能怕他。他要你怕他，他吞食你的恐惧维生。我们要饿死他，瑟鲁，我们要让他饿死，直到他开始吞食自己，直到他因为啮咬自己双手的骨头而呛死……啊，啊，啊，别听我现在说的话，我只是生气，只是生气……我脸红了吗？我现在是不是像弓忒女人一样红，像龙一样红？”她试着开玩笑，瑟鲁抬起头，以自己皱塌、颤抖、火蚀的脸回望她，说：“是的。你是红色的龙。”

光想到那男人进到屋里、走到屋里，过来看看他的杰作，或许还想做点修改，恬娜感觉那念头实在恶心，令人欲呕，但那种反胃的感觉在愤怒之下燃烧殆尽。

两人站起身去洗把脸，恬娜认定自己现在最强烈的感觉是饥饿。“我饿扁了。”她对瑟鲁说，然后摆出丰盛的一餐，有面包、奶酪、以油与草药浸渍的冷豆、切片洋葱和干肠。瑟鲁吃了不少，恬娜也吃了很多。

两人清理桌子时，她说："瑟鲁，现在这段时间我绝对不会离开你，你也不会离开我，对吧？我们现在该去蘑丝阿姨家，她还在念咒语找你，但现在她可以不用忙了，她可能还不知道我找到你了。"

瑟鲁驻足不动。她朝大开的房门瞥了一眼，瑟缩躲开。

"我们还得一路把洗好的衣物收进来。到家后我让你看看我今天拿到的布，好做件洋装，做件新洋装，给你的。一件红洋装。"

孩子立定，逐渐缩回自己的内心世界。

"瑟鲁，如果我们躲藏，就只是在喂养他。我们要吃喝，然后让他饥渴而死。跟我来。"

对瑟鲁来说，这份困难，这通往外界门口的阻碍，巨大得难以言喻。她退缩，将脸藏起来，浑身颤抖、脚下踉跄。逼她跨越这道门槛是残忍的，赶她走出藏身之处是残忍的，但恬娜毫不怜悯。"来吧！"她说，孩子跟上了。

两人手牵手穿越草原走向蘑丝家。瑟鲁好不容易抬头看了一两眼。

蘑丝见到两人并不意外，却带着某种奇异、警戒之色。她叫瑟鲁进屋内看看环颈鸡的幼雏，要她挑两只带回家。瑟鲁立刻消失在这个新的庇护所中。

“她一直在屋子里，”恬娜说，“躲着。”

“她做得不错。”蘑丝说。

“为什么？”恬娜粗暴地问道，没有打哑谜的兴致。

“附近……附近有东西。”女巫说，并未惊慌恐惧，却也神态不安。

“附近有恶徒！”恬娜说，蘑丝看着她，略略退缩。

“啊，好了，”她说，“啊，亲爱的，你浑身都在冒火，头上也是闪耀的火，我施咒找孩子，但出了差错，咒语似乎自行脱离，我不知道它是否已经抵达终点。我很迷惘。我看到伟大的生物。我寻找小女孩，却看到了它们，它在山中飞翔、在云中飞翔。而你现在身边就有这样一团东西，头发仿佛着了火。我漏了什么？出了什么问题？”

“一个戴皮帽的男子，”恬娜说，“还算年轻，长得不错。他的背心肩头开线了。你在附近见到过他吗？”

蘑丝点点头：“他们雇他去宅邸堆干草。”

“我有没有告诉过你……”恬娜往房子的方向一瞥，“瑟鲁以前跟一个女人和两个男人在一起？他是其中之一。”

“你是说，对她……”

“是。”

蘑丝像座木雕般僵硬地站着。“我不知道，”她终于说，“我以为我看得够多了，但显然不够。什么……为什么会……他会去……去看她吗？”

“如果他是孩子的父亲，也许是想来索回她。”

“索回她？”

“她是他的财产。”恬娜平和地说道。她一面说，一面抬头望向弓忒山巅。

“但我认为那人不是她父亲，我想他是另外那个人，是到村里跟我的朋友说，说孩子‘伤到自己’的那人。”

蘑丝依然迷惘，依然被自己的咒法、视界，被恬娜的愤恨，及秽乱至极的邪恶存在所惊吓。她摇摇头，表情十分落寞。“我不知道，”她说，“我以为我知道得够多了。他怎么可能又回来了？”

“来吞食，”恬娜说，“来吞食。我再也不会放她一个人待着了。可是明天，蘑丝，早上我可能得请你在这里帮我看着她约莫一个时辰。我去宅邸时，你能不能帮我这个忙？”

“哎，亲爱的，当然。如果你要，我可以在她身上施个隐藏咒。可是……可是他们在那里，从王城来的那些大人物……”

“正好，他们可以看看老百姓是怎么过日子的。”恬娜道。蘑丝又往后缩了缩，仿佛躲避风从火上吹起的一阵火星。

第九章

寻语

FINDING WORDS

一群人在领主的广阔田原上曝晒稻草，他们在明亮的晨光中四散在草坡上。恬娜从远处望去，看到其中三名刈割人是妇女，其余两名是男子，一个是男孩，另一人弯腰驼背、头发斑白。她沿着一排干草堆走上前去，询问妇人关于戴皮帽男子的事。

“他从谷河口来，”刈割人说，“不知道他去了哪儿。”别人也走上前来，很高兴可以借机歇口气儿。没人知道中谷来的男人去了哪儿，也不知他为何没跟大伙儿一块割草。“那种人待不住，”白发苍苍的男子说，“懒惰。太太，你认得他吗？”

“我情愿不认识。”恬娜道，“他在我家附近贼头贼脑，吓到了孩子。我甚至不知道他叫什么名字。”

“他自称‘悍提’。”男孩说。其他人有的看着恬娜，有的别过头，一语不发。他们发现她就是住在老法师家的卡耳格女人——

他们是锐亚白领主的佃农，对村民心存戒意、对任何与欧吉安有关的事怀抱猜疑。他们挥动镰刀，转身离去，再次四散各处继续工作。恬娜从山边草原下山，走过一排橡树，往路上行去。

路上站着一名男子。她心跳加快，走上前面对他。

来人是领主巫师白杨。他优雅地倚着高高长长的松木巫杖，站在路边树荫下。她来到路上时，他说："你是来找工作吗？"

"不是。"

"我主人需要人手。天气愈来愈热，稻草必须尽快收割好。"

对火石的遗孀葛哈而言，他说的一切合情合理，因此葛哈礼貌地回答："依你的技艺必定能延迟降雨，直到稻草收割完毕。"但他知道她是欧吉安临死前告知真名的女子，而且很明白这点，所以他方才的话摆明是刻意侮辱，并且虚伪，等于明显警告。她原本希望问他，是否知晓名叫"悍提"的男子目前在何方，但现在她说："我来告诉这里的工头，他请来割稻草的男子在我村里行窃，还犯下更重的罪，不会是他想请的工人。但那人好像已经不在。"

她冷静地望着白杨，直到他勉强答道："我不知道任何关于这些人的事。"

欧吉安去世的清晨，她以为他是个年轻人，那天他穿着灰披风、手握银巫杖，高大英俊，像个少年。但他没有她以为的那么年轻，也许他很年轻，却枯槁憔悴。他的眼神跟声音如今显露轻蔑，因此她以葛哈的声音回答：“你说的是。很抱歉。”她不想招惹他。她转身要往村里走，但白杨说道：“慢着！”

她停步。

“你说他不仅是个小偷。但蜚语廉价，而女人的碎嘴更胜盗贼。你来此处，在工人之间挑起纷争，像女巫一样散布诽谤谣言的巨乱种子。你以为我不知道你是女巫吗？我看到那黏在你身边的肮脏妖怪时，你以为我不知道她如何出生、不知道你的目的吗？想毁掉那怪物的人做得不错，但他该完成他的工作。你隔着老巫师的尸体反抗过我一次，我当时看在他和在场其余人的面子上，隐忍未发，但你这次太过分了。女人，我警告你，我决不允许你再踏上这片领地！如果你胆敢违犯我的旨意，甚至敢再对我说话，我会放狗把你赶出锐亚白，追落高陵山崖。听懂了吗？”

“不，”恬娜说，“我永远不懂像你这样的男人。”

她转身往山下走去。

某种轻抚般的碰触蹿上她背脊，头发在头顶上竖立。她原地转身，看到巫师将巫杖伸向她，黑暗的闪电围绕四周，他双唇微张，准备发话。她立时心想，就因格得失去法术，我以为男人也都丧失了能力，但我真是大错特错了！然后，一个彬彬有礼的声音响起："怎么了，怎么了？发生什么事了？"

两名来自黑弗诺的男子从道路另一端的樱桃园走出来。他们以平和有礼的表情看看白杨，又转向恬娜，仿佛很遗憾必须阻止巫师对中年寡妇下咒。但这行为真的、真的不太合宜。

"葛哈女士。"身着绣金衬衫的男子说道，向她鞠个躬。

另一名眼睛明亮的男子，也一面微笑一面向她行礼，说："我想，葛哈女士跟吾王一样，对公开冠用自己的真名一事想必毫无惧意。在弓忒时，或许她偏好我们以她的弓忒名称呼；但她曾佩戴自叶芙阮后再无女子佩戴过的环，了解其行谊后，我希求表达自己的崇高敬意。"他自然地单膝下跪，非常轻巧快速地举起恬娜的右手，以前额轻触她手腕，然后放开，起身，露出和蔼、隐含默契的微笑。

"啊，"恬娜说道，既惶惶然，又暖彻心扉，"世上有各种不同的力量……谢谢。"

巫师呆若木鸡地站着，双眼大睁。他闭起嘴，未继续诅咒，也收回了巫杖，但一股明显的阴气依然笼罩在巫杖及他双眼的四周。

她不知道他是否原本就知道她是环之恬娜，还是刚刚才发现。无所谓，他已恨她入骨。身为女人就是她的错，在他眼里，没有什么可加深或弥补这项罪过，对她的任何责罚都不为过。他眼看瑟鲁遭受的暴行却表示赞许。

“大人，”她对较年长的男子说道，“只有坦诚回应才不致污蔑您身为吾王使者的言行。我盼望荣耀王上与其使者，但我自身的荣誉却要求沉默，直至吾友允许我开口。我……诸位大人，我相信他终将捎来讯息。只请诸位高抬贵手，给他更多的时间。”

“自当如此。”一人说道，另一人也同意，“他需要多少时间都可以。而女士，您的信任比任何事物更能让我们感到荣耀。”

她终于转向通往锐亚白的道路，心神震惊于方才的一系列惊吓与变化：巫师对她的恨意、她自身愤怒的鄙视、突然了解巫师有意愿与能力伤害她而带来的恐惧、因受到王廷庇护而令恐惧突然终结。这些使者搭乘白帆大船，来自苦难的避风港、剑塔、王座，来自正道及秩序的中心。她内心满溢感激之情。王座上的确有位王，他的王冠上那颗最大的宝石将是和平符文。

她喜欢那名年轻男子的脸，聪颖和蔼，宛如对女王般对她屈膝下跪，还有那藏有一丝默契的微笑。她转身回望，使者与巫师白杨一同走向宅邸，两人与巫师似乎交谈甚欢，仿佛刚才的一切并未发生。

这一幕让她满满的期盼与信任消退些许。当然，他们身为朝臣，本不应参与争执或评判是非，而他是巫师，且是宅邸主人的巫师。不过，恬娜仍然认为，他们大可不必和白杨一路同行，还那样愉快地谈话。

黑弗诺来的一行人在锐亚白领主的款待下待了几天，或许希望大法师会改变心意去找他们，但他们再没有主动去寻他，也没有逼问恬娜他的下落。他们终于离开后，恬娜告诉自己，必须决定未来的去向了。已经没有理由继续留下，却有两个强烈的理由必须离开：白杨与悍提，任何一个都不可能放过她与瑟鲁。

但她发现下定决心很不容易，她很难想象离开这个地方。若现在离开锐亚白，她会真正地离开欧吉安、失去他——只要她洒扫他的房子、替他的洋葱除草，她就不会失去他。此外她想到：“在下面那边，我永远不会梦到天空。”她想，在凯拉辛来过的此处，她是恬娜；到了中谷，她将再度只是葛哈。她拖延，对自己说：“难道我该怕那些混混、躲避他们？他们正希望我这么做。难道就该让他们任意决定我的去留？”她告诉自己，“我把奶酪做完就好。”她让瑟鲁随时待在她身旁。日子一天天过去。

蘑丝带来消息。恬娜向她打听关于巫师白杨的事，没告诉她整件事，只说他威胁她——很可能他原本仅打算如此。蘑丝通常避开老领主的领土，但她对那里发生的事情颇有兴趣，因此不讨厌有机会去那儿见见朋友——包括一名教她接生的妇人，及其余教她医治或搜寻的人。她诱导她们讨论宅邸里发生的事。她们都憎恨白杨，因此很愿谈论他，只是怨恨跟恐惧各占了故事的一半。不过，虚构中亦有事实。蘑丝本人证实，三年前白杨来这里之前，少主，也就是领主的孙子，一向身强体壮，尽管个性害羞、阴沉，“怯怯的。”她说。后来少主的母亲过世，老领主请柔克派一名巫师来。“来做什么呢？尤其欧吉安大爷就在一英里外？而且那宅邸里的人，本来就都是巫师。”

但白杨来了。他除了表示了一下敬意外，跟欧吉安素无接触，而且，蘑丝说道，他一直待在宅邸。自那时起，愈来愈难得见领主的孙子，据说他日夜卧床，“像生病的婴儿般，完全皱缩起来”，一名曾因杂务而进屋内的妇人说道。但老领主——蘑丝坚称他“已一百岁，或快到，或更老”，她对数字无恐惧亦无敬意——反而越发精神奕奕，她们形容“精力充沛”。有名男仆（他们只允许男仆人进宅邸服侍）告诉其中一名妇人，老领主请了巫师来让他长生不老，那男仆说，巫师正用他孙子的生命喂养他。这男仆觉得并无不妥，“谁不想长生不老？”

“啊。”恬娜说，有点受惊，“这真是个可怕的故事。这件事村里都没人提起吗？”

蘑丝耸耸肩。这又是件“算了”的事情。强势者的作为不是弱势者能评断的，同时，有种隐约盲目的忠诚深植于这片土地：那老头是他们的主子，锐亚白领主，他做什么不关别人的事……

蘑丝显然也这么觉得。“很危险，”她说，“那种技法一定会出问题。”但她没说那是邪恶的。

没有人在宅邸那儿再看到悍提的身影。由于渴望确定他是否已离开高陵，恬娜问了一两名相识的村民，是否见过此人，但她得到不情愿且敷衍的答案，他们不想介入她的是非。“算了……”只有老阿扇还把她当作朋友与乡亲对待，这也可能是因为他的视力衰弱到看不清瑟鲁的模样。

她现在无论是进入村庄，还是离开房子，都把瑟鲁带在身边。

瑟鲁不觉得如此束缚令她厌烦，她像年幼孩子般腻在恬娜身边，陪她工作嬉戏。她的游戏就是挑花绳、编篮子，还有玩两具骨雕玩偶，她们原本装在恬娜从欧吉安橱柜中找到的小草袋里。其中一个可能是狗或羊，另一个是人偶。恬娜感觉不到它们有任何力量或危险，蘑丝也说“只是玩具”，但对瑟鲁而言，它们却有无穷的魔力。她会连续几个小时依沉默的故事情节发展移动这两具小玩偶。她游戏时不说话。有时她为小人儿和动物盖房子，用石头垒的房子，或者用泥土和干草搭起的棚屋。小玩偶随时装在小草袋中，放在她口袋里。她正学习纺线，用烧毁的手握绕杆，另一手旋转纺锤。自从来到这里，她们定期梳理山羊，如今已有一大袋丝软的山羊毛可纺成线。

但我应该教导她，恬娜想，心思混乱，欧吉安说过，教导她一切。但我在教她什么呢？烹饪跟纺线吗？然后另一部分心思以葛哈的声音说道："难道这些不是真正、必要、尊贵的技艺吗？难道智识只存于文字而已？"

然而，她还是担心这件事，所以某天下午，瑟鲁坐在桃子树荫下拉扯羊毛，清理、打散毛团，然后开始梳理毛发时，她说："瑟鲁，或许你该开始学习事物的真名。在某种语言中，所有事物都拥有自己的真名，行为跟语言能合而为一。兮果乙说这种语言，将群屿从海洋深处抬起。这是龙说的语言。"

孩子沉默聆听。

恬娜放下钢丝刷，从地上捡起一颗小石子。"在这种语言中，"她说，"这是拓。"

瑟鲁看着她的动作，然后重复说"拓"，但没出声，只用右边被疤痕微向后拉扯的嘴唇形成这字。

石子躺在恬娜掌心，还是石子。

两人沉默。

"还不到时候，"恬娜说，"这不是我现在该教你的。"她让石子坠地，拾起梳子和一把灰蓬蓬的羊毛，开始梳理，"也许你取得真名后，才该开始学习这些。不是现在。现在，只要听。现在是听故事的时间，是你该开始学会这些故事的时候。我可以跟你说群屿和卡耳格大陆的故事。我跟你说过一个从我朋友缄默者艾哈耳那儿听来的故事，现在，我要跟你说一个我朋友云雀说给孩子听的故事。这是安道耳与阿伐得的故事。在如同‘永远’那么悠久以前，如同偕勒多岛那么遥远的地方，住着一个叫安道耳的人，他是樵夫，常独自上山。有一天，在森林深处，他砍倒一棵大橡树，橡树倒下时，佣人的声音对他大喊……”

两人度过了一个愉快的午后。

但那晚，恬娜躺在沉睡的孩子身边，无法入眠。她辗转反侧，担心一个又一个的琐碎事项：我有没有关好牧地栅门；我的手是因为刷毛而痛，还是风湿要开始犯了……诸如此类。然后她变得非常不安，觉得屋外有噪声。为什么我没养只狗呢？她想，没养狗真是笨极了。如今这个世道，独居妇人跟小孩应该有只狗。但这是欧吉安的房子！没人会来这里惹是生非。但欧吉安死了，死了，埋在森林边缘的树根下。没有人会来。雀鹰不在了，逃跑了，他甚至不再是雀鹰，只是影子般的男人，对任何人都没用处，一个被逼着存活的死人。而我毫无力气，我没什么用处。我说出创生之语，它却消逝在我口里，毫无意义。一颗石子。我是女人，老女人，软弱，愚蠢！我做的一切都是错的。我碰触的一切都会变为灰烬、虚影、石块。我是黑暗的生物，充斥着黑暗。只有火焰能净化我。只有火焰能吞食我，完全吞食我，像……

她坐起身，大声用母语喊道：“诅咒逆转，逆转！”举起右臂，直直地指向紧闭的门扇，从床上跳起，走到门口，一把推开，对着多云的夜空说道，“你来得太晚了，白杨。我老早就被吞食了。去清理你自己家吧！”

没有回答，没有声音，只有一股淡淡的、酸酸的、污秽的燃烧气味，像烧焦的布料或头发。

她关上门，用欧吉安的巫杖倚住，然后转身看到瑟鲁依然沉睡。而她一夜无眠。

早晨时分，她带着瑟鲁进村，去问阿扇想不想要两人纺织的毛线。这是个借口，她要让两人远离房子，暂时走入人群。老人说他很乐意收下这捆毛线，然后他们在大漆扇下聊天，学徒皱着眉头，继续让织布机喀喀作响。恬娜与瑟鲁离开阿扇屋子时，看见有人躲藏在她以前住过的那个小屋的拐角处。有黄蜂或蜜蜂之类的东西螫着恬娜后颈，四周一片雨声滴答。来了一场夏季暴雨，但天空无云……小石头。她看到碎石打在地上。瑟鲁惊讶而困惑地停住，四处张望。几个男孩从屋后跑出，身子半藏半露，相互叫嚣、大笑。

“来吧。”恬娜平稳地说，两人继续往欧吉安的屋子走去。

恬娜全身发抖，愈走愈抖，但试着不让瑟鲁发现，她看起来有点担心但不害怕，不了解发生了什么事。

一入屋内，恬娜便知道她们在村里时，有人进来过。屋内闻起来有烧焦的肉跟毛发的味道，两人的床铺也凌乱不堪。

当她开始试图想法子的时候，便知道有人对她施了咒。她颤抖不止，脑子一片混乱、迟钝、无法决定。她无法思考。她说了那个字，石头的真名，却当面遭石头抛击——一张邪恶的面孔，丑恶的面孔——她不敢说话……她不能说话……

她以母语想着：“我不能用赫语思考，决不行。”

她可以用卡耳格语思考，但不灵敏。仿佛要请她那个女孩阿儿哈，就是曾经的那个自己，从黑暗中走出来帮自己思考，来帮助自己，如同她昨夜帮助自己将巫师的诅咒反转一般。阿儿哈不知道恬娜与葛哈知道的大部分事，但她知道该如何诅咒、如何生活在黑暗中，以及如何沉默。

这点很难做到，沉默。她想大叫，她想说话……去找蘑丝，告诉她发生了什么事、为什么她必须离开，至少该道别。她想对石南说：“石南，这羊现在都是你的。”而她以赫语顺利说出，好让石南明白，但石南不明白，她睁大眼睛，笑道：“它们是欧吉安大爷的羊！”

“那……你……”恬娜想说，继续为他养羊，但一阵致命的恶心侵入她的身体，然后她听到自己的声音尖叫：“白痴、傻瓜、蠢材、女人！”石南呆望，停止大笑。恬娜用手捂住自己的嘴。

她抓住石南，要她转身看在挤奶棚里将要成熟的奶酪，然后不断来回指着它们，直到石南含糊地点点头，又开始大笑，因为恬娜举止非常奇怪。

恬娜向瑟鲁点点头……过来……然后走进屋内。恶臭变得更强烈，让瑟鲁害怕畏缩。

恬娜拿出两人的行囊与旅鞋，在自己袋子里放入替换的洋装及衬衣、瑟鲁的两件旧洋装、半完成的新洋装、多出来的布、她为自己及瑟鲁刻出的纺锤、纺缚、一点干粮以供路上充饥、一陶瓶水。瑟鲁的包袱则装着瑟鲁最好的篮子、装着人形及动物玩偶的草袋、几根羽毛、一块蘑丝给她的小迷宫毡，还有一袋坚果及葡萄干。

她想说：去给桃树浇水。但不敢说出口。她把孩子带出门，比给她看。瑟鲁小心翼翼地灌溉细小的幼苗。

她们迅速而沉默地洒扫整理屋子。

恬娜将一只水壶放回柜上，瞥到另一端的三本大书，欧吉安的书。

阿儿哈看到它们——对她来讲无足轻重，只是装满纸片的大皮盒。

但恬娜盯着它们，啃咬指节，皱起眉头，努力想决定、想知道该怎么做、该如何搬运。她搬不动，但必须搬。它们不能留在这被玷污、被仇恨侵入的屋子内。它们是他的，欧吉安的，格得的，她的。知识。教导她一切！她将原本装着羊毛与毛线的提袋倒空，然后将大书一本叠着一本放入，最后以末端有环的皮绳绑紧袋口固定。“我们得走了，瑟鲁。”她说卡耳格语，但孩子的名字也是一样，原本就是卡耳格文，是火焰、燃烧。她跟来，不问问题，背上背着她的小行囊，里面装着她所有的财产。

她们拿起榛树棍和赤杨枝手杖，将欧吉安的巫杖留在门边的阴暗角落，敞开门户，让海风自由进出。

动物般的直觉引导恬娜避开田野与来时山路。她握着瑟鲁的手，从陡峭牧地抄近路，接到通往弓忒港的曲折小径。她知道，如果遇上白杨，一切都徒劳无功，然后想到，他可能在路上等她，但或许不会在这条路上。

下坡路走了一英里左右，她开始能思考。她起初想的是，自己选对了路，因为赫语词汇渐渐回到脑海中，一阵子后，真言也返回了，因此她弯下腰，捡起一颗石子握在手中，在心底说“拓”，将石子放入口袋。她面向宽广天空与繁复云层，在心里说了一次“凯拉辛”。然后如同澄澈的天空，她的思绪也变得清明。

她们走进一条长窄道，两旁高立荒芜土丘，狰露岩脉投下遮蔽阴影，让她微微不安。路一转，她们看到深蓝海湾就在下方，雄武双崖间正驶入一艘满帆的美丽船舰。恬娜上次看到这种船时很害怕，但这次不怕了。她想一路跑下山去迎接。

只是她不能这么做。她们依瑟鲁的速度走，比两个月前快得多，下山的路程也轻松。但船舰朝她们飞奔而来，乘着法术风，船像飞翔的天鹅般飞跃海湾，在恬娜与瑟鲁还没走到下段长弯之前，船已入港。

对恬娜来说，城镇无论大小，都非常奇特，因她从未在其中生活。她曾到过地海最伟大的城市黑弗诺，好多年前，她也曾与格得一起航入弓忒港，但他们未在街道停留，便直接爬上高陵。她唯一认识的另一座城镇，是她女儿住的谷河口，一座慵懒和煦的港湾小镇，只要有艘商船从安卓群屿来，就是大事，居民绝大部分话题都围绕鱼干打转。

她与孩子走在弓忒港的街道上，太阳依旧高悬西方海上。瑟鲁毫无怨言地走了十五里路，也没有累倒，不过她一定很累了。恬娜也很累，因为昨晚一夜无眠，而且过度忧虑，欧吉安的书也是沉重负荷。半途，她将书放入背包，把干粮跟衣物放入羊毛袋，稍有纾解，但没改善太多。两人拖着疲累的脚步，穿过外围屋舍，来到城门前。道路穿过门前一对石龙后变成街道。城门守卫站在那儿检视她们。瑟鲁将烧毁的脸转向肩膀，将烧毁的手藏在围裙下。

“你会住在镇上旅舍吗，太太？”守卫问道，仔细瞧着孩子。

恬娜不知该说什么才好，她不知道城门前会有守卫。她没钱付过路费或住宿费。她在弓忒港半个人也不认得，除了……她想到上山来埋葬欧吉安的巫师，但他叫什么？她不知道他叫什么。她呆立，嘴巴微张，像石南一样。

“过吧，过吧。”守卫无聊地说道，转身背对她们。

她想问他，怎么走到往南穿过岬角、通往谷河口的海边道路，但她不敢再引他注意，以免被认定是流浪妇、女巫，或是任何他跟那对石龙要阻在弓忒港外的东西。所以她们穿过石龙中间——瑟鲁稍稍抬起头看了看它们——然后沿着鹅卵石路，一步步向前踏，愈来愈感惊异、慌张、窘迫。恬娜觉得世上任何人或任何东西都从未被挡在弓忒港外，什么都在这儿。石造高房、马车、大车、板车、牛只、驴子、市集、商店、人群、人、人……愈往里走，人愈多。瑟鲁紧抓恬娜的手，侧身而行，用头发藏住脸。恬娜紧抓瑟鲁的手。

她认为两人没办法住在这里，唯一能做的是继续往南走，一直走到天黑，就快了，然后希望有办法在树林里扎营。恬娜选了一位穿着一片大白围裙、正在为店铺关上百叶窗的壮硕妇人，决心问她向南出城的路。妇人紧实红润的脸庞看来还算和善，但正当恬娜鼓起勇气要对她说话时，瑟鲁紧抓住她，仿佛要将自己靠着她躲藏起来。她一抬头，看到戴皮帽的男子从街道彼端朝她走来。他也看到她，驻足不前。

恬娜一把握住瑟鲁的手臂，连拖带拽地拉她转身。“快来！”她说，然后大踏步走过那男子。越过他之后，她走得更快，向着夕阳下闪光的深黑色海水，及这条陡峭街道底端的船埠与码头下山走去。瑟鲁在她身边跑步，发出刚烧伤时一样的嘶哑呼吸声。

高大的船桅在红色和黄色的天空下摇晃。那艘大船已经收起船帆，停泊在一艘有桨帆的大木船之后，倚着石码头。

恬娜回过头去。那男人在不远处尾随，脚步不疾不徐。

她跑上码头，但一段路之后，瑟鲁绊倒，无法继续前进，她喘不过气。恬娜抱起孩子，孩子紧紧地攀着她，将脸埋在恬娜肩膀里。但背负这如此重担，恬娜几乎无法移动。她双腿颤抖，跨出一步、一步、又一步。她走到架在码头跟甲板间的小木桥，用手扶着栏杆。

甲板上一名光头、精瘦的水手上下打量她一眼。

“怎么了，太太？”他说。

“这……这是从黑弗诺来的船吗？”

“当然，从王城来的。”

“让我上船！”

“嗯，这我可办不到。”水手说道，咧嘴而笑，但他眼光移动，看着站到恬娜身边的男人。

“不要跑。”悍提对她说，“我对你没有恶意，我不想伤害你。你不了解。我是带她求救的人，不是吗？我真的很抱歉，发生这种事。我想帮你照顾她。”他伸出手，仿佛难以自抑、受到吸引去碰触瑟鲁。恬娜无法移动。她答应瑟鲁，不再让他碰触她。她看到那只手碰到孩子裸露的、畏缩的手臂。

“你找她有何事？”另一个声音说道。一个水手站在刚才那个光头水手的位置，是个年轻人。恬娜以为是自己的儿子。

悍提连忙回答：“她抱着……她带走我的孩子，我的侄女。她是我的。她对孩子施咒，偷走她，你看……”

她完全无法说话。言语又离她而去，从她身上被剥夺。那年轻水手不是她儿子。他脸庞消瘦严肃，双眼明澈。她看着他，找到词句：“让我上船，拜托你！”

年轻人伸出手，她握住，他领她走过桥板，登上船舰。

“在这里等一下。”他对悍提说，然后对她说道，“跟我来。”

但她的腿再也撑不住。她瘫倒在黑弗诺大船的甲板上，抛下沉重的提袋，但紧抱孩子。“别让他带走她，喔，别让他们夺走她。别再来了，别再来了，别再来了！”

第十章

海豚

THE DOLPHIN

她不会放开孩子，不会将孩子交给他们。船上都是男人，过了很久，她才开始理解他们正对她说些什么、已经做了什么、正发生什么事。她搞清自己误认为儿子的年轻男子身份后，感到自己仿佛一直很清楚这点，只是无法思考。她方才什么都无法思考。

他已从码头走回船上，站在桥板边，与一名看似船长的灰发男子谈话。他瞥了恬娜一眼，她依然抱着瑟鲁，蹲踞在甲板上栏杆与轱辘围成的角落里。漫长一天的疲累压过恐惧，瑟鲁正紧靠着恬娜熟睡，把她的小背袋当作枕头，披风当毯子。

恬娜缓缓站起身，年轻男子立刻来到她身边。她拉直裙摆，试着抚平头发。“我是峨团的恬娜。”她说。他停住脚步。“我想你就是王。”

他很年轻，比儿子星火还要年轻，大概还不到二十岁，但某种气质让人感觉他一点都不年轻，某种眼神让她想到：他曾通过火的试炼。

“夫人，我是英拉德的黎白南。”他说，而他正要对她鞠躬，甚至下跪。她抓住他的手，两人面对面站着。“别对我鞠躬下跪，”她说，“我们之间不必如此！”

他惊讶地笑了，然后握住她的手，坦率地盯着她。“你怎么知道我在找你？你是来找我的吗？就是那人……”

“不，不。我在逃开……他……逃开……逃开一些恶棍……我打算回家，如此而已。”

“回峨团？”

“噢，不是！回我的农场去。中谷。在弓忒这儿。”她也笑了，笑中带泪。现在可以流泪，也将开始流泪。她放开王的手好擦擦眼睛。

“中谷在哪里？”他问道。

“往东南，绕过那边的岬角。港口在谷河口。”

“我们会带你去。”他说道，很高兴能够为她效劳。

她微笑地擦擦眼，点头接受。

“喝杯酒，吃点东西，休息一会儿。”他说，“还有一张床给你的孩子。”在一旁静待的船长下了令。仿佛在很久以前见过的那位光头水手上前，想抱起瑟鲁。恬娜挡住他，她无法允许他碰瑟鲁。“我来抱她。”她声音尖锐。

“太太，那里有台阶，我来就好。”水手说。她明白这是好意，但就是无法允许他碰触瑟鲁。

“让我来吧。”年轻人——王——说道，询问地瞥了她一眼后，跪下，搂起熟睡的孩子，抱过舱房门口，小心翼翼地走下梯子。恬娜跟随在后。

他生疏而温柔地将她放在一间小舱房的床板上，用披风覆盖好，边缘塞紧。恬娜由着他做。

在一间跨越船尾的较大舱房中，一扇长窗俯望暮色满满的海湾，他请她在橡木桌边坐下，从少年水手手中接过托盘，在厚重的玻璃杯内注满红酒，请她品尝鲜果及糕饼。

她品尝酒液。

“好酒，可惜不是龙年酿。”她说道。

他像普通少年般，毫无防备地面露惊讶。“这酒是从英拉德来的，不是安卓群屿产的。”他怯怯地说道。

“这酒很好。”她向他保证，又喝了一口。她拈起一块糕饼，是块松脆饼，丰润而不甜腻；绿色、琥珀色的葡萄甜中带酸；食物与红酒的鲜明味道宛如系泊船舰的绳索，将她再次系留于人间、系在了她的心上。

“我方才极端害怕。”她道歉，“我想我会很快恢复理智。

昨天……不，今天，今早……有……咒法……”这词让她几乎说不出口，她结巴地吐出，“我想，有人对我施下……诅……诅咒，夺去我的言语、我的神志。所以我们逃离，但正好碰上那男人，就是他……”她绝望地抬头望着凝神聆听的男子，他沉着的眼神让她说出必须说的话。“他就是让那孩子伤残的其中一人。他和那孩子的父母。他们强暴她、鞭打她，还烧伤她。陛下，世上竟有这样的事！这种事居然发生在孩子身上。然后他一直跟着她，要夺走她。然后……”

她止住，喝口酒，强迫自己品尝味道。

“为了逃离他，我跑向你。跑向避难所。”她环顾四周，看着雕凿而成的低矮舱梁、光滑桌面、银托盘、年轻人瘦削沉静的脸。他的头发乌黑柔软，皮肤是澄澈的红铜色，衣着讲究却朴实，不戴任何链子、戒指，或象征权力的装饰。但他看起来就是有君王的气魄，她想。

“我很遗憾我任他离去。”他说道，“但可以再找到他。谁在你身上施加了法咒？”

“一个巫师。”她不愿意说出名字。她不愿意回想一切。她想将一切抛诸脑后，无须报复，无须追逐。让它们留在自己的怨恨中，将它们放诸身后，遗忘。

黎白南没有追问，但问道：“你在你的农庄，可否免受他们侵扰？”

“我想可以吧。如果我不是这么疲累、被扰乱……被……扰乱意识，以致无法思考，我不会怕悍提。他能做什么？在一条人声鼎沸的街道上？我不应逃离他。但我只感受到她的恐惧，她那么幼小，只知道畏惧。她必须学会不再怕他，我必须教导她这点……”她神志游离，卡耳格的思绪流入脑海。她刚刚是说卡耳格语吗？他会以为她疯了，一名喃喃自语的老疯妇。她偷偷抬头望他一眼，他黑亮的双眸没望着她，而是凝望着一簇低悬玻璃油灯中的火苗，一簇细小、静止、清澄的火焰。他的脸对年轻人来说，太过忧伤。

“你是来找他的。”她说道，“找大法师。雀鹰。”

“格得。”他说，带着淡淡的微笑看她，“你、他，还有我，以真名示人。”

“你跟我，是的。但他，只对你我如此。”

他点点头。

“妒恨的人、心怀恶意的人，将对他造成危险，而他现在没有……没有抵抗的能力。你知道吗？”

她无法勉强自己说得更明白，但黎白南说道：“他告诉我，他身为法师的力量已经消失了。在拯救了我及所有人的那次行动中用光了。但这很难相信。我不想相信他。”

“我也是。但的确如此。因此，所以他……”她再度迟疑，“他想独处，直到伤痛完全愈合。”她最后谨慎说道。

黎白南说道：“他与我一同在黑暗之地，在旱域。我们一同死去，一同翻越那座山脉。人也可以翻越山脉返回人世，有路可走。他知道。但那山脉名为苦楚。那些石头……石头会割人，而伤口不易痊愈。”

他低头看着双手。她想到格得那划破割裂的双手，紧握掌上伤口，迫使割痕贴拢闭合。

她自己的手握住口袋里的小石子，是她在那条陡坡上捡起的真字。

“他为什么避着不见我？”年轻人哀喊，接着静静地说道，“我的确盼望能见到他。但他若不愿意，自当就此罢休。”她看见了如同黑弗诺使者所表现的端礼、文质彬彬以及尊严，她赞赏这些，她明白其价值。但她因他的哀凄而爱他。

“他一定会去到你的身边，只是得给他时间。他伤得如此深，被剥夺了一切。但每当他提及你，说到你的名字，噢，我在那一刻看到原本的他，也是他将再度回复的样子：充满傲气！”

“傲气？”黎白南好似讶异地复诵。

“是的。当然是傲气。除了他之外，还有谁有资格自傲？”

“我一直把他想成……他太有耐性了。”黎白南说，因为自己贫乏的形容而笑。

“现在他毫无耐性。”她说，“而且对自我严苛得过分。我想，我们无能为力，只能让他自行摸索，然后，像在弓忒常说的，直到穷尽自身极限……”突然，她也撑到了极限，疲累不适。“我想我现在必须休息了。”她说道。

他立刻起身。“恬娜夫人，你说你逃离一名敌人，又撞上了另一个；而我来寻找一个朋友，却碰上了另一个朋友。”他的机智与善良令她微笑。真是好孩子，她想着。

她苏醒时，船上一片嘈杂：木材吱吱嘎嘎作响、头上传来登登的脚步声、船帆震动、水手高喊。恬娜费了好大劲才把瑟鲁叫醒，她神情呆滞，也许有点发烧，但她的体温一向高到恬娜很难判定是否正常。拖着如此脆弱的孩子徒步走十五英里，加上昨天发生的一切，恬娜心怀歉疚，试着振奋瑟鲁的精神，开始诉说两人正在一艘船上，船上有位真正的王，她们所在的小房间是王的房间，船要带她们回到农场的家，云雀阿姨会在家里等着她们，雀鹰或许也会在。但连最后一点都引不起瑟鲁的兴趣。她完全呆板、迟缓、死寂。

在她瘦小的手臂上，恬娜看到一道痕迹——四只指痕、泛红如烙痕，仿佛来自捏抓的淤青。但悍提没有硬抓，只是碰触她。

恬娜曾告诉她、承诺她，他再也不会碰触她。承诺已打破，她的言语毫无意义。在言而无信的暴力面前，什么言语能有意义？

她俯身亲吻瑟鲁手臂上的痕迹。

“如果我早点完成你的红洋装多好！”她说道，“王可能想看看。不过话说回来，我想就连王也不会在船上穿最好的衣服。”

瑟鲁坐在床板上，低着头，没作答。恬娜梳整她终于长出的浓密头发，黑丝流泻，掩盖烧伤的头皮。“小鸟儿，肚子饿吗？你昨晚没吃，或许王会让我们吃点早餐。他昨天请我吃糕饼跟葡萄。”

没有回应。

恬娜说该离开舱房时，她乖乖听从。在甲板上，她侧身站立。她没抬头望一下满载晨风的白帆、没观看闪亮的海水，也没回望弓忒山那壮阔的森林、高耸入云的悬崖及岳峰。黎白南对她说话时，她没抬头。

“瑟鲁，”恬娜跪在她身旁，柔声道，“王对你说话时，你要回应。”

她沉默。

黎白南看着瑟鲁，表情深不可测。或许这只是张面具，隐藏恶心与震惊的礼貌的面具，但他黑亮的双眸稳稳直视，非常轻柔地碰触孩子的手臂，说道："醒来就发现自己置身在海中央，你一定觉得十分奇怪。"

瑟鲁只肯吃一点点水果。恬娜问她是否想回舱房时，她点点头。恬娜不情愿地任她蜷缩在床板上，自己回到甲板。

船舰正通过雄武双崖，两排高耸的肃穆岩壁像是要倚倒在船帆上。镇守的弓箭队从燕子窝般高筑在岩壁上的小堡垒中向下望着甲板上的人，水手则兴奋地对他们大叫。

"为吾王开道！"他们喊道。从上传下的回答也只如高处的燕啾："吾王！"

黎白南站在高高的船头上，身边站着船长和一名年长、瘦削的细眼男子，他身穿一件柔克法师的灰披风。这样的披风格得以前也穿过。在她与格得将厄瑞亚拜之环带往剑塔那天，他便穿着这样一件洁净细致的披风；在峨团陵墓的冰冷石块上，在两人共同跨越的沙漠荒山尘土上，一件老旧的披风，污渍、肮脏又褴褛，则是他唯一的被褥。她一边想，一边看泡沫自船侧飞溅，高大的悬崖节节后退。

船通过最后一道礁岩，转向东行时，三位男子向她走来。黎白南说道："夫人，这位是柔克岛的风钥师父。"

法师鞠躬，望向她的眼神敏锐中带着赞许，也有好奇。是个会知道风向如何的人，她想。

“现在我无须期待，便能相信天气定会持续晴朗了。”她对他说道。

“在这种天气里，我只需当乘客，”法师说，“况且有赛拉森船长这样的水手掌船，哪还用得着天候师？”

我们都这么礼貌，她想着，满口夫人、大人、师父、船长，又是鞠躬又是赞美。她瞥向少王。他正看着她，微笑但矜持。

她又感到犹如当年在黑弗诺，自己依然是少女，处在众人的圆滑之间，粗鄙如野蛮人。但因她现在不再是少女，便不再感到敬畏羞怯了，只心想，男人是如何将他们的世界调整成戴着面具的舞蹈，而女人又是多么轻易地学会了如何随乐起舞。

他们告诉她，航行到谷河口只要花一个白日。有如此风助，今天傍晚就可抵达。

前日漫长的忧虑跟紧张让她依然疲乏，因此她满足地坐在那光头水手利用稻草床垫及一块帆布为她铺成的座椅上，观看浪花、海鸥，弓忒山的轮廓在中午的日照下蔚蓝而朦胧，船舰沿着陡峭的海岸，蜿蜒航行在距陆地仅一两英里外，山景变幻无穷。她把瑟鲁带上来晒晒太阳，孩子躺在她身边，半睡半醒。

一名非常黝黑、缺牙的水手，踏着兽蹄般的脚跟、丑恶纠结的指头，光脚走来，放了样东西在瑟鲁身旁的帆布上。“给小女孩儿的。”他用沙哑的声音说道，然后立刻走开，但没走远。他不时满心期待地从工作中转头探看她是否喜欢他的礼物，又假装他没有回头张望。瑟鲁不肯碰触那小布包，恬娜只好帮她打开。里面是只以骨头或象牙雕刻成的海豚，雕工精细，大约有她的拇指那么长。

“它可以住进你的小草袋，”恬娜说道，“跟别的骨头族住在一起。”

听到这点，瑟鲁稍稍回神，拿出草袋，放入海豚。但瑟鲁不肯看他也不肯说话，恬娜必须过去感谢那位谦逊的送礼人。一阵子后，瑟鲁要求回船舱，恬娜就让她留在那儿，与骨头人、骨头动物和海豚作伴。

这么轻易，她愤怒地心想，悍提这么轻易就从孩子那里夺走阳光，夺走船舰、王与她的童年，但还复又谈何容易！我花了一年想把这些还给她，但只要一次碰触，他就将一切夺走、丢弃。这对他有何好处？他能得到什么奖赏？他有什么力量？难道力量仅是空无？

她走到船边栏杆，与王及法师共立。夕阳即将西沉，船舰正航过一片璀璨光芒，让她想起与龙共翔的梦。

“恬娜夫人，”国王说道，“我没有信息请你转交给我们的朋友。我认为这么做只是徒增你的负担，也侵犯他的自由，而两者皆非我意。我将于一个月内举行加冕，如果是由他端持王冠，大业将如我心愿般肇始。但无论他在场与否，都是他引领我得到我的王国，他让我成为王。我不会忘了这点。”

“我知道你不会忘的。”她温柔地说道。他如此激动、如此认真，武装在阶级的盔甲中，但他诚实纯正的意念也让他脆弱。她的心怜悯他，他以为已了解痛苦，但他将一再体会，终其一生，无可忘怀。

而因此，他不会像悍提那般，做出苟且的选择。

“我愿意带个信息，”她说，“这对我来说不是负担。至于听不听，只能由他。”

风钥师父咧嘴而笑。“一向如此。他做任何事都只能由他。”

“你认识他很久了吗？”

“甚至比你还久，夫人。我尽己所能地教导过他……”法师说道，“他刚来学院时，还是个小男孩，带着一封欧吉安的信，信里说他有极大的力量。而我第一次带他坐船出海，学习如何对风言语时，你相信吗，他就能召唤水龙卷风。我当时便预见到未来光景了。我那时想，他要么在十六岁前被淹死，要么在四十岁前成为大法师……至少我认为自己当初这么想过。”

“他还是大法师吗？”恬娜问道。这问题听起来无知得露骨，一阵沉默紧接而来，她担心这比无知更加严重。

法师终于说道：“已经没有柔克大法师了。”语气极端谨慎、精确。

她不敢问他的意思。

“我想，”王说道，“愈合和平符文之人应可参与王国中的任何一项会议，先生，你同意吗？”

又一阵沉默与明显的小小挣扎后，法师说道：“当然可以。”

国王等待，但他没再说什么。

黎白南望向明亮的海面，仿佛说故事一样地开口：“他跟我从最远的西方乘龙来到柔克时……”他缓了缓，而龙的名字自行在恬娜脑海中开口，“凯拉辛”，像一声锣响。

“龙将我留在那，却带着他飞走。柔克宏轩馆的守门师父当时便说：‘他已完成愿行，返家去也。’在那之前——在偕勒多海滩——他指示我留下他的巫杖，说他已不再是法师。因此，柔克师父开会讨论，以选出新任大法师。

“他们允许我与会讨论，一方面让我学习关于智者咨议团，王所应了解之事，另一方面也是为了让我替代其中一人——召唤师父索理安，雀鹰大人发现并终结的那个邪恶，反蚀了索理安的技艺。我们在旱域时，在城墙跟山岳之间，我看到过索理安。大人对他说话，要他跨越城墙回到人世间的道路，但他没走上那条路，他没回来。”

年轻人强劲健康的双手紧握船舰栏杆。他依然望着海面，沉默一分钟后，继续说故事。

“我凑足所需的人数，九人，以选出新任大法师。”

“他们是……他们是很睿智的人，”他说道，瞥了一眼恬娜，“不只是在技艺方面，知识更是充沛。如同我之前所见，他们运用彼此的特点，做出最强有力的决定。但这次……”

“事实是，”风钥师父发现黎白南不愿表露批评柔克众师父之意，便接着说，“我们只有歧见，没有定见。我们无法达成共识。因为大法师未死——仍在人世，却已非法师——但依然是龙主……而且，变换师父依然因自己技艺的反蚀而惶惶不安，仍相信召唤师父会死而复生，请求我们等他……加上形意师父不肯说话——他是卡耳格人，夫人，像你一样。你知道吗？他来自卡瑞构。”他敏锐的双眼观察她，那眼神仿佛在说：知道风吹向何处吗？“因此，我们正面临着难以解决的问题。守门师父询问该选择谁时，我们找不到人选。所有人面面相觑……”

“而我盯着地上。”黎白南说道。

“最后，我们看着知晓名字的人——名字师父，而他正看着形意师父。形意师父一语不发，像残根般坐在树木间。我们在心成林中开会，在那些树根比岛屿更深的树木间。当时已是傍晚，树林间有时会发出光芒，但那晚没有。一片漆黑，毫无星光，天空多云。然后，形意师父站起身以母语开始说话，既非太古语，也非赫语，而是卡耳格语。我们之中很少人会，甚至不知道那是什么语言，而我们不知道该怎么看待此事。但名字师父告诉我们形意师父说了什么。他说：‘弓忒岛上的女人’。”

他停话，也没有看她。一会儿后，她问：“没别的了？”

“一个字也没有。我们追问，他只是呆望着我们，无法回答，因为他当时处于幻象之中，看到的是事物的组态——形意，极少能以语言形容，更遑论意念。对于如何理解说出口的言语，他懂得不比我们多。但我们仅有这些。”

柔克师父毕竟都是老师，而风钥是非常好的老师，因此不由自主地将故事讲得很明白，或许讲得比他预期的还要明白。他再次瞥向恬娜，然后调开目光。

“所以，你了解吗？显然我们应该来弓忒。但做什么？找谁？‘女人’……没什么线索！显然这位女士会以某种方式引导，告诉我们如何找到大法师。而夫人，你或许已经想到，我们立刻想到你，因为我们没听说其他在弓忒的女人。弓忒不大，但名气极旺。我们之中有人说：‘她会带我们去找欧吉安。’但我们都知道，很久以前欧吉安已经拒任大法师，而他自然不会在又老又病时接受。事实上，我想在我们讨论时，欧吉安已病入膏肓。又有一人说：‘但她也会带我们找到雀鹰！’我们自此真的陷入一片黑暗。”

“确实如此。”黎白南说道，“接着树林开始下雨。”他微笑，“我曾以为自己再也听不到雨声，所以当时觉得开心极了。”

“我们九人淋湿了，”风钥说道，“只有一人高兴。”

恬娜笑了。她不禁对那人产生好感。如果某人对她如此慎戒，她理当还以慎戒，但对黎白南、在黎白南面前，她唯有坦率以对。

“‘弓忒岛上的女人’不可能是我，因为我不会带你们找到雀鹰。”

“我个人认为，”法师显然坦率相告，或许发自真心，“不可能是你，女士。首先，他身处幻象，一定会说出你的真名。很少人会以真名示人！但柔克咨议会派遣我来询问你，你是否知道这岛上可有任何女人会是我们寻找的人？可能是力之子的姊妹或母亲，或甚至是他的师父，因为有些女巫在某些方面的确非常睿智。或许欧吉安认识这样一位女士？据说虽然他独自居住，经常在荒野漫游，但他认识这岛上的每一个人。真希望他现在依然在世，可以帮助我们！”

她已经想到欧吉安故事中的渔妇。但多年前，欧吉安认识她时，那妇人已经很老了，现在一定已经去世。不过，她想，据说龙可以活很久。

她有一会儿什么都没说，然后只说："我完全不认识这样的人。"

她可以感觉那法师正抑制对她的不耐。她为什么不愿说？她想要什么？毫无疑问，他正如此心想。而她也想，为什么她无法对他说出？他的独断使她沉默，她甚至无法告诉他，他听不进别人的意见。

"所以，"她终于说道，"地海没有大法师。但有王。"

"而他实现了我们的希望与信赖。"法师以很符合身份的热诚说道。黎白南看着、听着，笑了。

"过去数年来，"恬娜说道，有点迟疑，"发生了许多困境、许多惨况。我……那小女孩……这样的事变得太平常。而我曾听力之子或力之女谈到他们力量的衰弱，或是改变。"

"大法师大人在旱域击败的那位喀布，造成了前所未有的伤害与毁坏。我们必须花很长一段时间，才能修复技艺，医治巫师及巫术。"法师斩钉截铁地说道。

"我想，或许除了修复及医治之外，还有更多工作，"她说道，"当然这些都有必要，只是我想，有没有可能……像喀布这样的人会有如此力量，是因为世事本已改变……意即某种转变、巨变，不断发生、已经发生？而正是因为这种改变，使地海再度有了王。或许因此而有了王，而不再有大法师？”

风钥师父看着她，仿佛在最彼端天际看到非常遥远的暴风雨云层。他甚至抬起手，隐隐比出束风咒的第一划，接着再度放下手，微笑。“不用害怕，女士，”他说道，“柔克与魔法技艺会永久持续。我们的珍宝被守护得滴水不漏！”

“这话该对凯拉辛说去。”她说道，突然再难以忍受他完全不自觉的轻蔑。这句话令他惊愕。他听到龙的名字，但这也没让他听进她的话。自从母亲唱了最后一首摇篮曲后，就再也没聆听过女人说话的他，怎么可能听进她的话呢？

“的确，”黎白南说道，“凯拉辛来到柔克——一个据说龙完全无法进入的地方，但并非透过我尊主的任何咒语，他当时没有法术……但风钥师父，我认为恬娜女士并非担忧自身安危。”

法师很认真地想努力弥补他的冒犯。“女士，”他说道，“我真失礼，竟以对待平凡妇人的方式待你。”

她几乎笑出声，她恨不得摇醒他，却只轻描淡写地说：“我的恐惧只是小人物的恐惧。”没有用，他听不到她。

但少王沉默，正在聆听。

攀爬在船桅、船帆与索具在顶上组成的晕眩摇曳的世界中，水手少年以清澈甜美的声音大喊：“岬角弯后有城镇！”很快，甲板上的人看到群聚的砖瓦屋顶、盘旋而上的蓝色烟雾、几扇映照夕阳余晖的玻璃窗，还有端坐在绢缎般蓝色海湾上的港口与码头。

“该由我来驶入，还是由您来，大人？”冷静的船长问道。而风钥师父回答：“船长，由您带入港吧。我不想面对那些凌乱的海艇！”他挥挥手，指向几十艘散乱在海湾里的小渔船。因此，王船宛如小鸭间的白天鹅，慢慢逆风而行，接受所有经过船只的欢呼。

恬娜搜寻码头，看不到其他的航海大船。

“我有个儿子是水手。”她对黎白南说道，“我以为他的船可能入港。”

“他在哪艘船？”

“他是‘艾司凯海鸥’的二副，但那是两年多前的事了，他可能已换了一艘船。他闲不住。”她微笑，“我第一眼看到你时，还以为你是我的儿子。你们并不相像，只是两人都很高、很瘦、很年轻。而我那时很混乱、很害怕……小人物的恐惧。”

法师已经登上船头上船长的位置，因此只有她与黎白南两人。

“小人物的恐惧已经太多了。”他说。

这是她唯一单独跟他说话的机会，她的言词急速而不明确地奔泻而出：“我想说——虽然或许说了也无济于事：可不可能在弓忒有个女人——我不知道是谁，我想不出——但会不会，或以后将有、可能有某个女人，而人们会寻找……人们会需要她？难道不可能吗？”

他倾听。他并非充耳不闻，但蹙起眉头，十分专注，仿佛试图理解某种外语。然后，仅低声说道：“有可能。”

一名小舢板上的渔妇吼道：“打哪儿来？”攀在索具间的少年水手像高啼的公鸡般回喊：“王城来的！”

“这艘船叫什么？”恬娜问道，“吾儿会问我搭乘哪艘船。”

“‘海豚’。”黎白南回答，对她微笑。吾儿，吾王，我亲爱的孩子，她想，我多想留你在我身边！

“我得接孩子上来。”她说。

“你要怎么回家？”

“步行，这里离谷内只有几英里远。”她指向城镇面陆的一端，中谷宽广灿烂地徜徉于两列山臂间，就像敞开的胸怀。“村子在河上，我的农庄则离村子半英里远。这是你王国中漂亮的一隅。”

“但你会安全吗？”

“当然会。我今晚会与住在谷河口的女儿过夜，村人也很可靠。我不会落单。”

两人视线交接了一会儿，但没人说出同时心想的名字。

“他们会再从柔克来吗？”她问道，“来找‘弓忒岛上的女人'，还是找他？"

"不会来找他。如果他们再次提议，我会禁止。"黎白南说道，没发觉他在这区区数言中告诉她多少事，"但至于他们要寻找新的大法师，或形意师父在幻象中所见到的女人，没错，他们可能因此而来。或许会来找你。"

"我欢迎他们来橡木农庄，"她说，"不过更欢迎你来。"

"我能去时便去。"他说道，略显严肃，接着郁郁寡欢地说道，"如果我能。"

第十一章

家

HOME

一听说新王在船上，而且是新歌谣传诵的那位王，谷河口大多数居民都来到港边，争相目睹黑弗诺船舰。他们还没听过新歌谣，但都听过旧歌谣，所以老雷利也带着竖琴来，唱了一段《莫瑞德行谊》，因为地海之王必定是莫瑞德的传人。不一会儿，王本人走上甲板，年轻、高大又英俊。在他身旁是名柔克法师，还有一名妇人与一个小孩，她们身上的披风如乞丐般褴褛，但王却像对待女王及公主般殷勤——所以她们可能真的是。“或许是他母后。”新妮说道，试图望过前排男人的头顶，好看个真切。突然，她朋友艾苹紧抓住她的手，悄声尖叫：“是……是妈妈！”

“谁的妈妈？”新妮问。艾苹说：“我妈妈。旁边那是瑟鲁。”但她没往人群前面挤去，即使一名海官上岸邀请老雷利上船为王演奏，她仍然与别人一起等待。她看到王接见谷河口的地方士绅，听到雷利为王演唱；她看着王与客人道别——有人说，船舰日落前要出到外海，返航回黑弗诺。最后走过桥板的是瑟鲁与恬娜，王以正式拥别相送，脸颊贴脸颊，还跪下拥抱瑟鲁。“啊！”码头上的人群叹道。两人扶着桥板栏杆下船，太阳正落入一片金色迷雾，在海湾上洒下黄金大道。恬娜拖着沉重的背包与提袋，瑟鲁脸庞低垂，头发遮覆。桥板拉起，水手纷纷拉起索具，在海官的下令声中，船舰“海豚”号转弯回航。此时艾苹终于穿越人群。

“嗨，妈妈！”她说。恬娜回道：“嗨，女儿。”两人互吻，艾苹抱起瑟鲁，说：“你长好高了！比以前高两倍哪！来吧，跟我回家去。”

当晚，在她年轻商人丈夫的舒适小屋里，艾苹面对母亲，却有点羞怯。她几次带着沉思，甚至警戒的表情，凝望母亲。“妈妈，你知道的，对我来说，那些事一直没什么意义，”她在恬娜的卧室门口说，“那些关于和平符文……还有你把环带到黑弗诺的事。那些都只像歌谣，像一千年前发生的事！但那真的是你，对不对？”

“是那个自峨团来的女孩，”恬娜说，“都是一千年前的事。我想我现在真的可以睡上一千年。”

“那就上床去吧。”艾苹转身离去，然后提着油灯回身。

“亲吻国王的人。”她说。

“你快给我睡觉去吧。”恬娜说。

艾苹和丈夫留恬娜住了两天，但她执意回农庄，因此艾苹陪着她和瑟鲁一起沿平缓银亮的卡赫达河走回家去。季候慢慢转秋，阳光依然炎热，但风已有凉意，树木枝叶带着疲累、灰蒙蒙的面貌，田野已收成或正收割。

艾苹谈到瑟鲁强壮了不少，步伐也稳健了很多。

“真希望你能看到她在锐亚白时的样子，”恬娜说，“在他……”她住口不言。她已决定不让女儿担忧这些事。

“发生了什么事？”艾苹问，她执意要搞清这件事，恬娜只好屈服，低声回答“那些人之一”。

瑟鲁走在几英尺[①]远的前方，长腿露在过短的裙裾之外，边走边在路旁的灌木丛里找寻黑莓。

“她爸爸？”艾苹问，光想就觉得一阵恶心。

“云雀说，她爸爸好像是那个自称黑克的人。而这人比较年轻，是他去向云雀报信的，他叫作悍提。他那时在锐亚白附近闲晃，我们在弓忒港碰上他纯粹是霉运，但王把他赶走了。反正我人在这儿，他在那儿，一切都解决了。”

---

① 1英尺≈0.305米。

“但瑟鲁吓到了。”艾苹略显严厉地说。

恬娜点点头。

“你为什么去弓忒港？”

“嗯，这个悍提是为某人工作……为锐亚白领主的巫师工作，那巫师讨厌我……”

她试图想起那巫师的通名，却怎么也记不起，唯一能想到的是“土阿禾”，一个卡耳格词，指的是一种树，但她想不起是哪一种。

“所以呢？”

“嗯，所以，回家似乎比较好。”

“那巫师为什么讨厌你？”

“主要因为我是女人。”

“啐，”艾苹说，“臭老头。”

“是臭小子。”

“那就更糟。嗯，这附近我认识的人都没见过她父母——如果他们还配得上这称呼。若他们还留在这附近，我可不放心你独自待在农庄。”

被女儿像妈妈般叮咛，还像小孩般对自己的女儿撒娇，感觉不赖。恬娜急躁地说道：“我没事的！”

“你至少该养条狗。”

“我想过了。村里可能有人有小狗。等会儿我们经过时，可以问问云雀。”

“妈妈，不是小狗，是狗。”

“但年纪要小点，才可以跟瑟鲁玩。”她要求道。

“一只会去亲小偷的乖小狗。”丰满、灰眸的艾苹边走边说，调侃自己的母亲。

三人中午时分来到村庄。云雀以一连串拥抱、亲吻、问题和食物欢迎恬娜跟瑟鲁。云雀寡言的丈夫和其余村民都顺道过来向恬娜打招呼，她感到回家的喜悦。

云雀和她七个孩子中最年幼的一男一女，陪着她们一起到了农场。自从云雀首次带瑟鲁回家，孩子们就已经认识她，也习惯了她的样子，不过，分离两个月让他们起初还是有点害羞。在他们面前，甚至在云雀面前，瑟鲁依然内向、孤僻、被动，如同那段糟糕的过去。

“她累坏了，也因为不停地奔波弄得晕头转向。她会没事的，她已经进步了很多。”恬娜对云雀说，但艾苹不让她如此轻描淡写地回避话题。“他们其中一人出现，吓坏了她跟妈妈。”艾苹说。于是那天下午，在女儿跟朋友们的轮流劝说下，恬娜一点一滴和盘托出，三人一面说着，一面打开冰冷、沉闷、灰尘遍布的房子，整理四周、掸净床单，对发芽的洋葱摇头叹息，在橱柜里放点食物，然后烧上一大锅汤做晚餐。她们听到的，是一字一句拼凑而成的故事。恬娜似乎无法告诉她们巫师做了什么，她粗略地说是道咒语，也许是他派悍提来追她们。但她一讲到王，言词倾泻而出。

“然后他出现了……王来了！像把利剑似的……悍提瑟缩乞怜地躲开他。我那时居然还以为他是星火！我真的、真的有一瞬间这样想，我那时……那时真的惊慌失措……”

“这倒好，”艾苹说道，“因为我们站在码头上时，看到你风光无限地抵达港口，新妮还以为你是王的妈妈呢。云雀阿姨，你知道吗，她就那么亲了他，亲了王……我以为她接下来会亲那法师，但她没有。”

“我想也不会，这什么念头嘛，什么法师？”云雀头探入橱柜，边问，“葛哈，你的面粉桶在哪儿？”

“就在你手底下。他是柔克法师，来找新任大法师。”

“来这里？”

“有何不可？”艾苹说，“上一个就是从弓忒去的，不是吗？不过他们没花多少时间就离开了。他们一摆脱妈妈，就返回黑弗诺。”

“你说这什么话啊。”

“他说，他在找个女人。”恬娜告诉她们，“‘弓忒岛上的女人'，但他看来不大高兴。"

"巫师寻找女人？这可真是头一遭。"云雀说，"我以为这面粉会潮掉，却一点也没事，我来烤几个厚烙饼吧？油在哪里？"

"我得从冷房里的油瓶打一点出来。香迪，你来啦！你好吗？清溪还好吗？一切都没事吧？你卖掉小公羊了吗？"

九人一同坐下吃晚餐。在铺着石板地的厨房里、在夜晚柔黄的灯光下，坐在农场长桌前，瑟鲁开始微微抬起头，对别的小孩说了几次话，但她依然露出畏缩的神色。随着屋外天色渐暗，她侧向外坐，让看得见的眼睛守望窗外。

直到云雀与孩子们在黄昏中离去，艾苹唱歌哄瑟鲁入睡，独留恬娜与香迪一起清洗盘子时，她才开口询问格得的情况。毫无缘由，她不愿让云雀与艾苹听见，因为需要太多解释。她完全忘了提及他在锐亚白的事，也不想再谈论锐亚白。每次一想到那儿，她心情就开始郁闷。

"上个月有没有个人说是从我那儿来的，来帮忙做事？"

"喔，我忘得一干二净了！"香迪惊呼，"你是说鹰，那个脸上有疤的人？"

"是的，"恬娜说，"鹰。"

"喔，嗯，这个嘛，我想他现在应该在热泉山上，比利苏更高一点的地方，牧绵羊吧。他来过这里，说你叫他来的，但我这里实在没活儿让他做，你知道，有我跟清溪看顾这些绵羊，我还做乳品，必要时老提夫跟西丝也来帮忙，所以我绞尽脑汁。清溪就说：‘去问赛瑞的人，农夫赛瑞是卡赫达嫩那边的工头，高山牧地可需要牧羊人哩。’那个鹰就照他说的去做，人家也聘了他，于是他第二天就走了。‘去问赛瑞的人’，清溪那时告诉他，他便照办，一下就给雇用了。我想他秋天时一定会带着羊群下山来。现在他应该在高山牧地，在利苏上面的长岗，我记得他们好像要他看山羊。他是个说话很客气的人。我记不得是山羊还是绵羊。葛哈，我希望你不介意我们没把他留在这儿，因为真的没活儿让他做，这儿有我跟清溪还有老提夫，西丝又把亚麻都收割好了。而且他说，他从前在那边山上就是牧羊人，说是在阿耳河河口上面，不过他说他没牧过绵羊。也许他们让他在上面看的是山羊。”

“也许吧。”恬娜说。她着实松了一口气，但也非常失望。她想知道他是否安好无恙，却又希望能在这里找到他。

这就够了，她告诉自己，只要回家就好了；也许他不在这儿反而好，一切都不在这儿，锐亚白的一切哀伤、梦境、巫术，还有恐惧，都留在那里，永远。她现在回到这里了，回家了，这里的石地板与墙壁、这些小扇窗户，外头有橡木黑漆漆地伫立在星光下，这些安静、整洁的房间。那晚，恬娜睁眼躺在床上好一会儿。女儿与瑟鲁一同睡在隔壁房间，孩子房里，而她则躺在自己的床上，自己丈夫的床上，独眠。

她睡去。她醒来，记不得任何梦境。

待在农庄几天后，她就极少再想起在高陵度过的那个夏天的事情。那仿佛是很久远、很久远的事了。虽然香迪极力坚持农庄上一点活儿都没剩，她还是找到许多该做的事：所有在夏天遗留下来的事，还有收获季时在农田及牛奶房里该做完的事。她从破晓工作直到日落，如果刚好有一时半刻可坐下休息，她便开始纺织，或为瑟鲁缝制新衣。红洋装终于完成了，的确是件漂亮的洋装，特殊场合可以搭上白围裙，平时则搭褐橘色围裙。“你现在看起来可漂亮了！”瑟鲁第一次试穿时，恬娜带着裁缝师的骄傲说道。

瑟鲁别开脸。

“你很漂亮。”恬娜以完全不同的语气说道，“瑟鲁，你听我说，看着我。你会有疤痕，丑陋的疤痕，是因为丑陋邪恶的事发生在你身上。人们会看到疤痕，但他们也会看到你，而你不是这些疤痕。你不丑，你不邪恶。你是瑟鲁，你很美丽。你是穿着红洋装，会做好工作、会走路、会奔跑、会跳舞的瑟鲁。”

孩子聆听，柔细完好的半边脸跟僵硬、疤痕覆盖的半边脸，都毫无表情。

她低头看着恬娜的双手，过一会儿，用自己的小手碰触。“这件洋装很美丽。”她以微弱沙哑的声音说道。

恬娜独自一人折起做衣服剩下的红色布料和碎布头时，眼泪刺痛了她的双眸。她感觉遭叱责。做红洋装是正确的抉择，对孩子说的一切亦是实话，然而，正确与真实仍旧不够。在正确与真实之外，有道空隙。虽然她对瑟鲁的爱以及瑟鲁对她的爱在这道空隙上搭起了桥梁，一座以蛛丝编织而成的桥梁，但是，爱无法填满或弥补这道空隙。任凭什么都无法办到，孩子比她更明白这点。

秋分那天，明亮的秋日燃透迷雾，橡树叶含蕴着初生的金铜色。恬娜敞开牛奶房的窗户与门，让甜美的空气进入，她一面刷洗奶酪锅，一面想到：少王今天正在黑弗诺接受加冕；王公贵族与仕女会穿蓝、绿或红色华服，但王会身着白衣；他会登上通往剑塔的阶梯，那段她与格得也爬过的阶梯，他将戴上莫瑞德之冠；在小号声中，他转身，坐在空虚多年的王座上，以经历过痛苦与恐惧的黑亮眼睛，看着他的王国。

愿你长治久安，她想，可怜的孩子！她接着又想，应该由格得为他加冕，他该去的。

但格得此刻正在高山牧地放牧富人的绵羊，也许是山羊。这是个美丽、干燥、金黄的秋日，要等初雪落在山峰上，他们才会将羊群赶下山。

恬娜进村，觉得有必要走访一下亚薇在磨坊巷尾端的庄舍。在锐亚白认识蘑丝后，她不禁想与亚薇深交，但她必须先打消这个女巫对她的怀疑与忌妒。虽然这里有云雀，但她仍然想念蘑丝，她从蘑丝那儿学到不少，也爱她，而且蘑丝给了她跟瑟鲁都需要的东西。她希望在这里找到同类援助。亚薇虽然比蘑丝干净、可靠得多，却完全不打算放弃对恬娜的厌恶，她以鄙视回应恬娜伸出的友谊之手，恬娜承认这或许是自己应得的报应。女巫只差没明说“你走你的阳关道，我过我的独木桥”了，恬娜也依从她的意思，但在两人相会时，依然特别明显地以礼相待。她想，长久以来她总是轻视亚薇，因而需要格外的弥补。女巫显然同意这点，因此以坚决的愤怒来接受来自恬娜对她的补偿。

仲秋时分，术士毕榉应一名富农要求，来到谷里为他医治痛风。毕榉像往常一样，在中谷村留滞一段时日，并在某天下午来到橡木农庄，检视瑟鲁的健康、与恬娜谈话。他想听她谈欧吉安临终时的景况——他曾是欧吉安一位学生的学生，同时也是最仰慕弓忒法师的人之一。恬娜发现，谈论欧吉安比谈论其余锐亚白人更为轻松，因此知无不言。她说完，他略微小心翼翼地问：“那大法师……他到了吗？”

“是的。”恬娜说道。

毕櫸皮肤光滑、神情和善，四十出头，有点发福，双眼下方的黑眼圈使得他的面孔显得不那么平凡，他向她瞥了一眼，一语不发。

“他在欧吉安过世之后才到，然后离开。”她说，一会儿后继续，“他现在不是大法师了。你知道吗？”

毕櫸点点头。

“关于挑选新任大法师的事，有什么新消息吗？”

术士摇摇头。“不久前从英拉德群岛来了艘船，但除了加冕典礼外，船员并未带来任何讯息。全是关于这件事的！听起来，所有征兆跟事件都非常幸运。如果法师的善意是种财富，那我们年轻的王可真是个富有的人，看起来也将颇有作为……我离开谷河口前不久，才从弓忒港向内陆地区传来一道命令，要求贵族、商人、市长和他们的地方议会召开会议，检视该区巡警是否都正直守法，因为他们现在是王的属下，必须实行他的意志、执行他的法律。你可以想象汉诺大人会如何反应了！”汉诺是出了名的支持海盗，长久以来与南弓忒巡警及海上巡警相互勾结。“但在王的支持下，现在有人愿意反抗汉诺。他们当场遣散了一批旧时的巡警，选出十五个人品出众的新巡警，由市长支付薪水。汉诺怒气冲冲地走了，放话要摧毁一切。新时代来临了！虽然并非一蹴而就，但已指日可待。真希望欧吉安大爷依然在世，能亲眼见证。”

“他看到了。”恬娜说，“他临终时微笑，然后说，‘一切都变了……’”

毕梣以一贯的沉稳聆听着，缓缓地点了点头。“一切都变了。”他重复。

一阵沉默后，他开口：“孩子的情况不错。”

“还可以……但有时我觉得还不够。”

“葛哈太太，”术士说，“即使我、别的术士或女巫，甚至是巫师收养她，并在她受伤后这几个月里倾注所有的魔法技艺来医治她，情况也不会比现在更好，甚至可能不如现在。你做得很好，你创造了奇迹。”

他诚挚的赞美感动了她，却也令她哀伤。她对他诉说原因，“这还不够，我无法治愈她。她能……她能怎么办？她未来会如何？”她抽走缠绕在纺锤上的线，说道，“我很担心。”

“担心她？”毕梣半询问道。

“我担心，因为她的恐惧会招致恐惧的根源。担心因为……”

她不知该如何形容。

“如果她活在恐惧中，就会造成伤害，”她终于说道，“我担心的是这点。”

术士沉思了一会儿。“我想过，”他终于羞怯地说，“如果，她有天分——我想她是有的，她或许可以接受一点法术方面的训练。身为女巫，她的……外貌就不会对她如此不利，或许。”他清了清喉咙，“有些女巫颇有作为。”他说。

恬娜将一小段刚纺好的毛线放在指尖摩挲，测试粗细及韧度。“欧吉安告诉我要教导她。‘教导她一切’，他当时这么说，然后又道，‘别去柔克’。我不懂他的意思。”

毕榉认为不难理解。“他的意思是，柔克的学问——那些高深的技艺——不适合女孩子，”他解释，“更别提她有如此残疾。但如果他说将所有知识都授予她，他可能也认为，她的未来正是女巫一途。”他再次沉思，欧吉安甚有分量的意见与自己一致，令他感觉较为振奋，“一两年后，她更健壮、长大一点时，你可能该考虑看看，要求亚薇开始教导她一些事。当然，即使是这类事，在她得到真名前也不能太过。”

恬娜立刻对这建议感到强烈排斥。她一语未发，但毕榉感觉细腻。“亚薇的确脾气阴郁，”他说，“但她的知识都是真实的。并非所有女巫都能做到这一点，你知道，‘无能得好像女人家的魔法，恶毒到有如女人家的魔法’！我认识某些真正具有治愈能力的女巫。治愈术适合女人，是女人与生俱来的能力。那孩子可能会有此倾向，因为她本身受过如此伤害。”

恬娜想，他的善意如此天真。

她谢谢他，说她会仔细思考他的话。而她的确思考了。

这个月将要结束的时候，中谷所有村民都聚集在苏代瓦的圆谷仓开会，指派各村保安巡警与警官，同时设立税金来支付巡警的薪水，这是王令，经由市长及村里父老乡亲们传达。众人连忙奉行，因为路上依然有许多身强力壮、四肢健全的人在行乞或行盗，而村民及农人均十分期盼秩序与安全。但也有不少丑恶谣言散布，例如：汉诺大人组成恶棍议会，雇用附近的地痞流氓，结党攻击王辖下的巡警。但大多数人响应："他们有胆就试试看！"然后各自回家，相互庆贺善良老百姓终于可以高枕无忧、王会导正所有恶行——不过，赋税实在不合理，光缴税就能让他们穷苦一辈子。

恬娜很高兴从云雀口中听到这些消息，但没过于留心。她最近一心都在工作上，而自她到家后，便几乎不自觉地坚持不让悍提或其余混混的问题主导她或瑟鲁的生活。随时把孩子绑在身边只会重新唤起恐惧，或不断提醒那些只要想起就令孩子无法正常生活的事物。孩子必须自由，也必须明白自己是自由的，她要体面地长大。

瑟鲁逐渐放弃畏缩恐惧的态度，而能独自在农庄上、在附近的道路间四处走动，甚至独自进村。恬娜没有警告她要当心，即使有时候她禁不住要说，恬娜也未告诫瑟鲁任何事。瑟鲁在农庄上很安全，在村子里很安全，没人会伤害她——这点必须是不可质疑的事实。恬娜的确也很少质疑这点，有她、香迪跟清溪随时在附近；西丝跟提夫住在坡下房舍；还有云雀的家人遍布全村——在中谷如此甜美的秋季，有什么能伤害那孩子？

如果有她想要的狗，她就会养一条。要那种壮硕的灰色弓忒牧羊犬，聪明、一头卷毛。

偶尔她会像在锐亚白时想到：我该教导这孩子！因为欧吉安这么说。但瑟鲁除了农事和晚间故事，什么都学不来——随着夜晚提前到来，两人开始习惯在餐后睡前坐在厨房炉火边说故事。或许毕榉说得对，瑟鲁该向女巫学习女巫该知晓的事物，比起恬娜原先所想，让她向织工学艺，这是更好的选择。但没有好多少。她仍然颇为瘦小，且因为来橡木农庄前，她未曾学习任何事物，因此也非常无知。她曾经像只小动物，几乎不通晓人类语言、毫无人类技能，但她学得很快，比云雀难驯的女儿或爱笑懒散的儿子更加乖巧勤奋。她会洒扫、端茶倒水、纺线、一点厨艺、一点缝纫、照顾家禽、牵牛，尤其精于牛奶房的工作。老提夫有点奉承地说，她是真正的农场女，但恬娜也看过他在瑟鲁走过身旁时，偷偷比出避邪手势。与大多数人一般，提夫也相信，人就等同于自己的遭遇：强者富人必定拥有美德；经历邪恶遭遇的人必也具有恶性，理应受罚。

也因此，就算瑟鲁成为全弓忒最标准的农场女，情况也不会有多大改变。就连财富都无法消减过去留下的烙痕，因此毕榉想到让她成为女巫，接受、利用那烙痕。欧吉安说“别去柔克”，说“他们会害怕她”时，这就是他的意思吗？难道仅是如此？

有天，刻意安排的巧合让恬娜与亚薇在村里的街上相逢。她对亚薇说：“亚薇太太，我有问题想请教你。与你的职业有关。”

女巫看了看她，眼光尖锐刻薄。

“我的职业，是吧？”

恬娜稳稳地点了点头。

“那跟我来吧。”亚薇耸肩说道，领她走过磨坊巷，到自己的小屋。

这里不像蘑丝那声名狼藉、家禽四处的巢穴，却也是间女巫的房舍：屋梁满挂已干燥或待干燥的药草；炉火堆埋在灰烬里，只剩一小块煤炭有如红眼般眨巴；一只窈窕丰润、嘴长白须的黑猫在架上安睡；四周散置着小盒子、盆子、水罐、托盘，及有瓶塞的小瓶，充满芳香、恶臭、甜美或奇特的气味。

“我能为你做什么，葛哈太太？”两人进屋后，亚薇极度冷淡地问。

“请你告诉我，你认为我的养女瑟鲁是否有任何学习你技艺方面的天分？她是否有力量？”

“她？当然有！”女巫说道。

这立即、鄙夷的回答让恬娜一时哑口无言。“这……”她说道，“毕椊好像这么想。”

“连洞穴里的瞎眼蝙蝠都看得出来。”亚薇说，“就这样？”

“不。我想要你的建议。我先问问题，你再告诉我回答的代价。公平吗？”

“公平。”

“我应不应该在瑟鲁长大一点时，让她跟女巫学艺？”

亚薇沉默了一会儿。她正考虑价码，恬娜想。但她回答：“我不会收她。”

“为什么？”

“我会怕。”女巫答，突然狠狠地瞪了恬娜一眼。

“怕？怕什么？”

“怕她！她到底是什么？”

“一个孩子，一个遭受恶行伤害的孩子！”

“她不仅是如此。”

深沉的怒气进入恬娜体内，她道：“所以女巫学徒必须是处女，是吗？”

亚薇凝视了她一会儿，说："我不是这个意思。"

"那你是什么意思？"

"我是说，我不知道她是什么，意思是，她用一只可见、一只失明的眼睛看我时，我不知道她看见什么。我看着你像带普通小孩一样带她，心想：她们是什么样的人？她不愚蠢，但那个女人有力量，能以手握火、以龙卷风纺线？太太，有人说你还是小孩时，与太古者——暗者、地底者——同住，你是那些力量的女王与仆人，或许你因此而不怕她。她是什么力量，我不知道、我不能说，但这超越我或毕榉的能力所及，甚至超过任何我所知晓的女巫或巫师！太太，让我给你免费的建议：小心。小心她，小心她发现自身力量的那天。如此而已。"

"我感谢你，亚薇太太。"恬娜以峨团护陵女祭司的冰冷礼仪说道，她离开温暖的房间，走入秋末稀薄刺骨的寒风。

她依然愤怒。没人愿意帮她，她想。她知道这件工作超过她的能力，他们无须告诉她这点——但没人愿意帮她。欧吉安过世、老蘑丝胡言乱语、亚薇警告连连、毕榉置身事外，而格得，唯一可能真正帮她的人，逃走了，像丧家之犬般逃跑了，没捎给她只字片语，完全没考虑到她或瑟鲁，只有他自己宝贵的耻辱，那是他的孩子、他嗷嗷待哺的婴孩、他所关心的一切。他从未关心或考虑到她，只关心力量：她的力量、他的力量、他能如何运用、他能如何从它创造更多力量——愈合断裂的环、创造符文、让王登基。而他的力量消失后，他还是只能想着这件事：它不见了，消失了，只留下自己给自己，他的耻辱，他的空虚。

“你这样不公平。”葛哈对恬娜说道。

“公平！”恬娜说，“他做得公平吗？”

“是的，”葛哈说道，“他公平。或者试图做得公平。”

“那好，他可以跟他赶的山羊公平相待，跟我完全无关！”恬娜说。在第一波寒风及稀疏冰冷的雨滴里，她蹒跚着拖步返家。

“今晚也许会下雪。”她的佃户提夫在卡赫达河草地旁的路上遇见她时说道。

“这么早就下雪？希望不要。”

“至少绝对会下霜。”

太阳下山后，一切冻结，水洼跟水槽表面浮现一层薄膜，而后冻成厚厚的一层白冰；卡赫达河边的芦苇静止，锁闭在冰块中；连风都止息，仿佛亦被冻结，无法吹动。

清理晚餐残肴后，恬娜和瑟鲁坐在比亚薇家更温暖甜美的炉火边，纺线、谈话，柴火是去年春天果园砍下的老苹果树。

“讲猫鬼的故事吧。”瑟鲁以沙哑的声音说，一面转动纺轮，将一堆乌黑如丝的山羊毛织成细毛线。

“那是夏天的故事。”

瑟鲁歪着头看她。

“冬天是说长篇故事的时节。冬天时，你得学会《伊亚创世歌》，好在夏天的长舞节歌唱；或学会《冬颂》与《少王行谊》，然后等太阳北归、带回春天的日回祭时，你就可以唱了。”

“我不会唱歌。”女孩悄声道。

恬娜正取下卷线杆上的毛线，绕成一团球，双手动作灵巧，富有韵律。

“不仅用声音唱，”她说，“脑子也要唱。如果脑袋不通晓这些歌谣，就算有世上最美的歌声也没用。”她解下最后一段，也是最先纺出的毛线，“你有力量，瑟鲁，但无知的力量充满危险。”

“像不愿学习的它们，”瑟鲁说，“那些野蛮的。”恬娜不了解她的意思，疑问地看着她。“留在西方的那些。”瑟鲁说。

“啊……楷魅之妇的歌谣……那些龙。没错，就是如此。那么，我们该从哪首开始？从岛屿如何从海中升起，还是莫瑞德王如何驱逐黑船？”

“岛屿。”瑟鲁悄声道。恬娜原本期盼她会选择《少王行谊》，因为她将黎白南的面容与莫瑞德重叠，但孩子的选择是正确的。“好。”她抬头偷瞥壁炉上欧吉安硕伟的术典，激励自己，如果忘记片段，可以从中寻找。她深吸一口气，开始诉说。

等瑟鲁就寝时，她已经知道兮果乙如何从时间深渊抬起最初的岛屿。恬娜为她塞好被褥后，坐在床沿，这晚她没有为孩子唱歌，而是两人一同轻声背诵创世歌的第一诗节。

恬娜将小油灯提回厨房，凝神倾听绝对的沉静。冰霜束缚住整个世界，将它锁闭。星辰皆无，黑暗压迫厨房内唯一的窗户。寒意冰冷地铺在石板地上。

她回到火边，毫无睡意。歌谣壮美的字词激动她的心灵，而与亚薇谈话后引发的怒气及不安残留体内。她拾起火钳，拨弄壁炉内垫底的那块大木柴，想撩起一点火苗。她触撞到木柴时，房屋后端同时传来一阵回音。

她直起身，专注聆听。

又一次，轻微、沉闷的敲击或落击声……在屋外……牛奶房窗户那儿？

恬娜拿着火钳，走过黑暗的走廊，通往开向后方冷藏室的房门。冷藏室之后就是牛奶房——房屋本体倚山而建，这两个房间则像地窖般嵌入山体，但与房屋其余部分同高。冷藏室只有通风口，牛奶房则有扇门，还有扇窗，那窗子像厨房窗户般低矮、宽广，安在唯一的外墙上。她站在冷藏室里，可以听到那扇窗正被抬起、撬开，还有男人低语。

火石是个细心的户主。整间房子，除了一扇门之外，都在门的两边安了门闩，用非常结实的铸铁所制，所有的门闩都保养得很干净，并且定期上油，从来没有哪一根锈住。

她闩上凉室门闩，铁条一声不响地滑动，稳稳嵌入门框上沉重的铁闩槽中。

她听见牛奶房外门打开。有人终于在打破窗户前，想到先试试门，发现并未上锁。她又听到喃喃声响，然后一片死寂，漫长得让她只听得见自己鼓动的心跳，声音大到让她害怕会掩盖所有声响。她感到双腿一再颤抖，地板的冰冷像只手般从裙底攀上。

“是开的。”男人声在她附近低语，让她的心脏痛苦狂跳。她将手放在门闩上，以为是开着的——她先前开了没有再锁——正要拉回门闩时，听到凉室与牛奶房之间的门吱嘎一声开了。她认得上铰链的辗轧声，也认得说话声，但缘由天差地别。“是储藏室。”悍提说。她倚靠的门扇喀喀作响，撞击门闩。“这扇门锁着。”门又喀喀作响。细锐的一道光像刀锋般自门扇及门框间闪射而入，触及她胸口，令她向后一缩，宛如被割伤。

门再次喀喀作响，但不太剧烈。这扇门装设得十分坚固，门闩也牢不可动。

他们聚集在门的另一边低声讨论。她知道他们打算绕到前方，试图开启前门。她发现自己已身在前门，上闩，完全不知道自己如何抵达此处。也许这是个噩梦，她做了一个梦，梦里他们想侵入屋内，以细薄的刀子刺入门缝中。门……还有什么他们能进入的门？窗……卧室窗户的窗板……她的呼吸如此短促，还以为自己走不到瑟鲁房间，但她到了，将沉重木遮板横在玻璃前。铰链僵涩，木板砰的一声关起。他们知道了。他们正往这儿来。他们会到隔壁房间的窗前，她的房间。他们会在她还未关上窗板前就到来。他们到了。

她看到脸，一团团模糊的人影在外面黑暗中移动，她试图松开左边窗板的搭扣，卡住了，她无法移动分毫。一只手砰地摸上窗户，紧贴成死白一片。

“她在那儿。”

“让我们进去。我们不会伤害你。”

“我们只想跟你说说话。”

“他只想见见他的小女儿。”

她松开窗板，强拖着关上窗户。但如果他们打碎玻璃，就能从屋外推开窗板。扣环只是一个锁在木头里的钩子，用力一推便能扯落。

“请我们进去，我们就不会伤害你。”其中一个声音说道。

她听到他们的脚步声踏在冰冻的地上，踩得落叶沙沙作响。瑟鲁醒了吗？窗板关上的巨响可能吵醒了她，但她没发出半点声音。恬娜站在她与瑟鲁房间之间的门口。一片漆黑，无声无息。她不敢碰触孩子唤醒她。她必须与孩子留在同一个房间。她必须为她而战。她手中本来拿把火钳，放哪儿去了？之前她放下它，好关上窗板。她找不到它了。她在无边的漆黑房间中，茫然摸索。

通往厨房的正门喀喀作响，门框晃动着。

如果她找得到火钳，她就会留在这里，与他们对抗。

“这里！”其中一人喊道，而她知道他们发现了什么。那人正抬头看厨房窗户，够宽，没有窗板遮挡，伸手可及。

她摸黑走，行动非常迟缓，走到房门前。瑟鲁的房间曾是她孩子的房间，育儿室，因此房间内侧没有门锁，让小孩无法将自己反锁，也不会因门闩卡住受惊。

山后，穿过果园，清溪及香迪熟睡在村屋里。如果她大喊，也许香迪会听到。如果她打开卧室窗户大喊……如果她叫醒瑟鲁，两人爬出窗外，跑过果园……但那些人正在那里，就在那里，等着。

她终于无法忍受。束缚着她的冰冷恐惧立时粉碎，凭着一股怒气，她红着眼冲入厨房，从砧木上抓起长而锋利的屠刀，扯开门闩，立定门口。“你们来啊！”她说道。

她刚开口，便传来一声哀号与倒抽的喘息，有人大喊：“小心！”又有一人惊叫：“这里！这里！”

然后是一片寂静。

从洞开的门口射出光线，照映在水洼的黑色冰面上，亮晶晶地在橡树黑枝与银白落叶上闪烁着，她恢复视力后，看到有东西从小径向她爬来，深暗的一团或一堆东西，发出尖锐的啜泣声和哀号声。在光线的后面，一个黑色形体奔跑纵跃，长长的刀锋闪着寒光。

“恬娜！”

“站住。”她说道，举起了长刀。

“恬娜！是我……鹰，雀鹰！”

“别动。”她说道。

奔跑纵跃的身影站住不动了，旁边歪躺在小径上的，是那堆黑漆漆的东西。门口射出的光线微弱地映照出一个身体、一张脸，还有一把直立的长铁草耙。像巫师的巫杖一样，她想。“是你吗？”她说道。

此刻他正跪在小径上那团黑色物体旁边。

“我想我杀死他了。”他说。他越过肩头回望，起身。没有动静，亦无声响。

“他们在哪儿？”

“跑了。恬娜，帮个忙。”

她将刀子握于一手，另一手抓住蜷缩在门径上的男人的手臂。格得将他自腋下扶起，两人将他拖上台阶，进屋。他躺在厨房石板地上，血从胸膛跟肚腹上的洞口像倾倒水壶般汩汩流出。

他上唇后掀，露出牙齿，眼睛只剩眼白。

“锁上门。”格得说，她锁上了门。

“柜子里有布。”她说。他取出一条床单，撕裂成绷带，让她一圈一圈地绑在男人的肚腹与胸膛上，草耙的四根尖齿戳出三个很深的大洞。格得撑起那男人的上半身，让她缠绕绷带时，血浆泉涌而出，四处喷洒滴落。

“你在这里做什么？你跟他们一起来的吗？”

“对，但他们不知道。你能做的大概也就只有这些了，恬娜。”他任凭男人的身体滑落，往后仰坐，沉重呼吸，用沾满鲜血的手背抹脸。“我想我杀死了他。”他重复道。

“也许吧。”恬娜看着殷红的血点从绷带上缓慢扩散开来，男人的肚腹及胸膛瘦弱多毛。她站起身，晕眩摇晃。“快去炉火边，”她说，“你一定快累垮了。”

她不知道自己如何在外面的黑暗中认出了他。也许是他的声音吧。他穿着一件厚重的冬季牧羊人外套，用一片片羊毛皮缝制而成，皮面朝外；戴一顶牧人毛织帽，帽檐压得低低的；他的脸上起了皱纹、满面风霜，头发长而铁灰；身上的气味像木烟、霜雪，还混合着绵羊味。他在颤抖，全身震动。“快去炉火边，”她又说，“加点木柴。”

他照办。恬娜装满水壶，勾住铁手把，让它垂挂在烈焰上。

她将布单一角浸泡在冷水中，擦拭裙子上沾染的血迹。她将布块交给格得，让他抹去手上的鲜血。“这是什么意思？”她问，“你说跟他们一起来，他们却不知道？”

“我下山，走在从卡赫达泉来这里的路上。”他无力地说着，仿佛上气不接下气，颤抖混浊了语音，“听到后面有人，我就靠边。到树林里。不想说话。不知道。他们给人的感觉。我怕他们。”

她焦躁地点着头，隔着壁炉在他对面坐下，前倾身子专注聆听，双手紧握放在腿上。她潮湿的裙子靠着双腿，一片冰冷。

“我听到他们其中一人走过我身旁时提到‘橡木农庄’。之后我就跟着他们，其中一人不断地说着，说着那孩子的事情。”

“他说什么？”

他一语不发。良久，他说道：“他要把她带回去。处罚她，他说。然后他们要向你报复，因为你偷走了她，他说。他说……”他住口。

“他也要惩罚我。”

“他们都在说。关于……关于那件事。”

“那人不是悍提。”她朝地上的男人颔首，“他是……”

“他说孩子是他的。”格得也看向那男人，然后转过头望着火焰，“他快死了。我们应该找人来帮忙。”

“他不会死的，”恬娜说，“我明天一大早就找亚薇过来。剩下的人还在外面……他们有几个人？”

“两个。”

“如果他死了就死了，他活着就活着。我们都不要出门。”她自一阵恐惧的哆嗦中跳起，“格得，你把草耙拿进来了没？”

他指着它，倚靠在门旁墙壁，四只尖齿发出亮光。

她再次坐回壁炉边，但现在轮到她像他方才一般抖动，浑身发颤。他伸出手，碰触她的手臂。“没事了。”他说道。

“如果他们还在外面怎么办？”

“他们逃跑了。”

“他们可能再回来。”

“两人对两人吗？而且我们还有草耙。”

她将声音压低到像是最微弱的耳语，充满恐惧地说：“钩刀跟镰刀都放在旁边的谷仓里。”

他摇摇头：“他们逃跑了。他们看到……这个人……还有你站在门口。”

“你做了什么？”

“他朝我冲来。我就朝他冲去。”

“我是说，之前，在路上。”

“他们在赶路，觉得冷。开始下雨后，他们就更冷，然后开始讨论到这儿来。之前只有这人讲着那小孩还有你，说要教……教训……”他的声音干哑了，“我口渴。”他说道。

“我也是。水还没烧沸。继续说。”

他深吸一口气，试图清晰叙述整件事。“另外两人不太专心听，大概以前就听过了。他们急着赶路，赶到谷河口。像是在逃避某人的追赶，像是在逃亡。但天愈来愈冷，然后他不断提到橡木农庄。戴帽子的那人就说，‘我们干脆去那里，然后过上一夜，跟……’”

“跟那个寡妇，我懂。”

格得将脸埋入手中。她等待。

他望着火焰，继续沉稳地说道：“我跟丢了他们一阵子。路到山谷间变得平坦，我不能像之前一样在树林中尾随。我必须走到路边，穿过田野，以免被他们发现。我对这边的乡间不熟，只认得道路，我担心如果穿越农田，会迷路，找不到这所房子。天色愈来愈暗，我以为已经错过了房子，走过了头。我回到路上，结果差点与他们打了照面——就在那边的转弯口。他们看到有个老头走过，便决定等到天黑，确定不会再有人来。他们在谷仓中等着，我留在外面，跟他们只隔一堵墙。”

“你一定冻僵了。”她呆滞地说道。

“当时很冷。”他将手伸向炉火，仿佛当时的情景重新冻僵了他，“我在棚舍门旁发现了这柄草耙。他们出来后绕到房屋后头。我当时有机会到正门口去警告你，我该这么做，但我那时只想出其不意地攻击他们……我以为这是我唯一的优势、机会……我以为房门会锁上，他们得破门而入。但后来我听到他们从后面进屋。我跟随他们进去，到牛奶房里。他们来到那扇锁着的门前时，我才出来。”他发出笑声般的声音，“他们就在黑暗中从我身边走过，我可以绊倒他们……其中一人有打火刀跟火石，他们想看锁的时候，他就会点起一点火绒。他们绕到前门，我听到你关上窗板，知道你听到他们。他们讨论是否要打碎看到你的那扇窗，然后戴帽子的人看到窗户……那扇窗……”他朝有着宽长窗台的厨房窗户点点头，“他说，‘给我块石头，我来砸开。’他们走到他身边，打算将他抬到窗台边上。我大喊一声，他立刻松手，其中一人，这人，就朝我跑来。”

“啊，啊。”躺在地上的男人喘息，仿佛要接着格得的故事讲下去。格得起身，弯腰看他。

“我想他快死了。”

“不会，他不会死的。”恬娜说道。她无法完全止住颤抖，但如今只余体内一股微颤。水壶高唱。她泡了壶茶，双手覆在厚重的陶壶边，等茶叶苏绽。她倒出两杯，然后倒了第三杯，注入些冷水。“还太烫，”她告诉格得，“先放着凉一会儿。我看看他喝不喝得下。”她坐在地板上，用一手扶起他的头，将冷却的茶放在他嘴前，把杯缘推进外露的牙齿间。温热的液体流入他口中，他吞咽了一口。“他不会死的，”她说道，“地板冷得像冰块。帮我把他抬到靠近壁炉的地方。”

格得正要从沿烟囱到大厅墙壁放置的长椅上拾起一条毛毯。“别用那条，那是块好料子。”恬娜说，然后走向橱柜，拿出一件破旧的毛毡披风，铺在地上，当作那男人的床铺。两人将毫无动静的身体拖上毛毡，折起一角为他盖上。绷带上濡湿的红点不再扩散了。

恬娜站起身，突然全身僵直。

“瑟鲁。”她说道。

格得环顾四周，但孩子不在房内。恬娜匆匆走出房间。

孩子的房间，那孩子的房间，完全是一片黑暗寂静。她摸黑走到床边，棉被覆盖着瑟鲁的肩膀，她轻手碰触那温热的肩膀。

“瑟鲁？”

孩子呼吸十分平静，她没被惊醒。恬娜可以感觉到她的体温，在冰冷的房间中像道灿烂的光芒。

走出房间时，恬娜顺手摸到了橱柜，碰到冰冷的铁器——她关上窗板时放下的火钳。她将它提回厨房，跨越男人的身体，挂回烟囱上的钩子。她直立，低头望着炉火。

“我什么都做不到，”她说，“我当时该怎么办？立刻……跑出去……大叫，然后跑去找清溪和香迪。他们应该来不及伤害瑟鲁。”

“那他们就会跟她在同一间房子里，你却跟个老人、女人在外面。或者他们可能把她一把抱起，带着她逃跑。你尽力了。你做对了，时机也抓得对。房子里的光线正好照见你拿着刀出来，而我在外面，他们那时候看到了草耙，还有他倒在地上，所以他们逃跑了。”

“这些都有可能。”恬娜说道。她转身用鞋尖碰了碰男人的腿，仿佛他是件让她有点好奇、有点厌恶的东西，如死掉的毒蛇。“你做得对。”她说道。

“我想他根本没看到。他正好冲过来，就像……”他没说像什么，只说，“把茶喝了。”然后从壁炉砖头上暖着的茶壶里为自己又倒了一些茶，“茶很好，坐下吧。”他说道，她依言照办。

“我还是个男孩时，”他一会儿后说道，“卡耳格人袭击我的村庄。他们手握长枪，那种长柄上缀有羽毛的……”

她点点头。“双子神战士。”她说道。

“我施了个……造雾咒语，他们不知所措。但有一部分人还是冲来了。我看到其中一个正好跑向草耙，像他一样。只不过那柄草耙穿透了他。从腰部以下。”

“你戳到了他的肋骨。”恬娜说道。

他点点头。

“这是你犯下的唯一错误。”她说。她牙关开始打战，她喝口茶，“格得，如果他们回来怎么办？”

“不会的。”

“他们可能会纵火烧屋。”

“这间屋子？”他环视着四周石墙。

“稻草谷仓……”

“他们不会回来。”他坚持。

“不会。”

两人小心翼翼地捧着茶杯，温暖双手。

“她一直睡着。”

“这样很好。”

“但早上……她会看到他……在这里……”

两人面面相觑。

“如果我当初杀了他……如果他死了，”格得愤怒地说道，“我就可以把他拖出去埋了！”

“就这么办吧。”

他气愤地摇摇头。

“这有什么关系？为什么？为什么我们做不到！”恬娜质问。

“我不知道。”

“等天一亮……”

“我会把他移出屋子。用推车。那个老人可以帮我的忙。”

“他已抬不动什么东西了。我来帮你。”

“不论如何，我会把他载去村子里。那边有治疗师一类的人吗？”

“有个女巫，亚薇。”

她瞬间感到极度的疲累，几乎连茶杯都要握不住了。

“茶还有呢。”她口齿不清地说道。

他又为自己倒了满满一杯。

火光在她眼前跃舞。火焰旋转、飞腾、落陷，再次燃起，映照沾满煤灰的石头壁炉，映照黑暗天空，映照苍茫天色、夜晚鸿沟、世界彼方的空气与光芒。黄色、橘色、橘红色、红色的火焰，火焰的唇舌、焰语，她无法诉说的字词。

“恬娜。”

“我们管那颗星叫‘恬哈弩’。”

“恬娜，亲爱的。来吧，跟我来。”

他们不在炉火边，他们在幽暗里——在幽暗的大厅、幽暗的地道。他们曾到那里，相互引领，相互跟随，在地底幽暗中。

“往这儿走。”她说道。

第十二章

冬

WINTER

她逐渐苏醒，可又不愿苏醒。窗板边缘透出浅灰亮线。为什么窗口挡起来了？她连忙起身，穿过走廊，走进厨房。没人坐在火边，没人躺在地上。没有任何人、任何事的迹象，除了桌柜上一个茶壶、三只茶杯。

瑟鲁在日出时起床，两人像平日般用完早餐。女孩一面清理桌面，一面问道："发生了什么事？"她从餐具室的浸泡缸里拉起湿布一角，褐红色晕染了缸里的水。

"喔，我的月事提早来了。"恬娜一面说，一面对自己的谎言感到吃惊。

瑟鲁僵立了一会儿，鼻翼翕动，头部凝止，像嗅到某种气味的动物。她任床单落回水中，然后出门喂饲鸡禽。

恬娜感到全身不适，骨头疼痛。天气依然冰冷，她尽可能留在室内。她试着要瑟鲁与她一同待在屋内，但太阳随着一阵强烈明亮的风探出头时，瑟鲁想出门嬉戏。

“跟香迪一起留在果园内。”恬娜说。

瑟鲁溜出门外，一语不发。

她烧伤扭曲的侧脸由于肌肉毁坏与粗厚疤痂而显得僵硬，但随着疤痕日渐陈旧，加上恬娜也习惯正视，不因其畸形而转避目光，瑟鲁的脸渐渐有了表情。照恬娜的形容，瑟鲁害怕时，烧伤而晦暗的半边会“闭缩”起来，整个紧缩，形成硬块；她兴奋或专注时，就连失明的眼窝仿佛也在凝视，疤痕泛红，触手生热。现在她走出屋外，带着奇异的表情，仿佛并非人脸，而属于动物，某种奇特、皮肤厚韧的野生动物，睁着一只发亮的眼睛，沉默，逃脱。

恬娜知道自己首次对她说谎，瑟鲁也将首次违背她的意思。第一次，但不是最后一次。

她发出一声疲惫的叹息，良久毫无动作。

有人敲门，清溪与格得——不对，她必须称他鹰——站在台阶上。老清溪吹嘘得口沫横飞，格得穿着他脏污的羊皮外套，显得黝黑、沉静、臃肿。

“进来吧，”她说道，“来喝杯茶。有什么消息？”

“那帮人想逃跑，往谷河口跑，但卡赫达嫩来的人，那些巡警，从山上下来，在雪莉的外屋发现了他们。”清溪大声宣告，挥舞拳头。

“他逃走了？”惊惧攫住了她。

“是另外两人，”格得说，“不是他。”

“他们在圆山上的老废屋里发现尸体，被打得不成人形，就在上面的老废屋，卡赫达嫩旁边。十或十二人立刻当场自任为巡警，去追赶他们。昨晚所有村庄都搜过一遍，今早天刚亮，他们就发现那伙人躲在雪莉的外屋里。冻得半死。”

“所以他死了？”她迷惘地问道。

格得脱去厚重的外套，坐在门边藤椅上，解下脚上的皮绑腿。“他活着，”他以一贯沉静的声音说道，“亚薇看着他。我今天早上用堆肥车把他送去的。天亮前就有人在路上搜索三人下落。他们在山上杀死了一名妇女。”

“什么妇女？”恬娜悄声问。

她双眼直视格得的眼睛。他轻轻点头。

清溪希望由自己来讲这个故事，因此大声继续道：“我跟上面来的那群人说上了话，他们告诉我，四个人都在卡赫达嫩附近闲荡、野营、流浪，那女人经常到村里乞讨，全身都是瘀青，还有狠打、烧伤的痕迹。他们，就那些男的，叫她到村里乞讨，然后再回到他们那里去。她跟村里人说，如果她空手回去，他们会打得更凶。他们就问，那你干吗回去呢？她说，如果她不回去，他们会追来，反正到头来她一定会跟他们走。但他们终于做得太过火，把她打死了，就把她的尸体留在老废屋那里，那边还有点臭气，他们也许以为这样就可以隐藏他们干的好事。结果他们昨天晚上逃到这儿来。葛哈，你昨晚为什么没大喊？鹰说他冲向他们时，他们就在这房子附近鬼鬼祟祟。我一定会听到，要不香迪也会听到，她的耳朵比我还尖。你告诉她了吗？”

恬娜摇摇头。

“那我去跟她说。”老头说，对自己是第一个得知消息的人感到高兴，噔噔噔穿过中庭。半途他转身：“没想到你拿草耙还蛮有两下子！”他对格得喊道，拍打大腿，纵声大笑后离去。

格得取下厚重的绑腿，脱去泥泞的鞋，放在台阶上，穿着袜子往炉火边走去。长裤配背心，粗纺呢毛衬衫，标准的弓忒牧羊人形象，面孔机灵，鹰钩鼻，眼睛澄澈乌黑。

“很快就会有人来，”他说道，“他们会告诉你消息，再听你说这儿事情的经过。他们抓到逃走的那两人，现在关在没酒的酒窖里，有十五、二十个人守着他们，还有二三十个小男孩争相窥看……”他打了个哈欠，甩甩肩臂放松肌肉，向恬娜看了一眼，寻求允许坐在壁炉边。

她向壁炉旁的座位比了比。“你一定累坏了。”她悄声道。

“我昨晚在这里睡了一会儿。撑不住。”他又打个哈欠。他抬起头看看她，衡量她。

“那是瑟鲁的妈妈。”她说，发不出比耳语更大的音量。

他点点头，微微前倾，前臂置于膝上。火石也曾以同样的姿势坐着，直直地凝望火中。两人非常相像，却也完全不像，如同埋在地里的石块与翱翔天空的飞鸟。她的心抽痛、骨头抽痛，思绪在不祥的预感、哀伤、恐惧与某种扰人的飘忽间，迷惘得不知所措。

“我们逮到的人在女巫那儿，”他说，“牢牢捆起，以防他逃跑。身上伤口则塞满蜘蛛丝及止血咒语。她说他可以活到被吊死的时候。”

“吊死？”

“王立法庭重新开议，会依照他们的裁决，吊刑或奴役。”

她摇头、蹙眉。

“你不会要放他走的，恬娜。”他温柔说道，端详她。

“不会。”

“他们必须受惩罚。”他说，依然端详她。

“惩罚。那是他说的。惩罚那孩子，她坏，她必须受惩罚；惩罚我，因为我带走她，因为我……”她挣扎着说出心里话，“我不想要惩罚！这整件事都不该发生……我希望你当初就杀了他！”

“我尽力了。”格得说道。

良久，她颤笑出声：“你的确尽力了。”

“想想当初多么简单——我还是巫师时。”他说道，再度直视炭火，“我可以在路上，他们还来不及知道时，就用捆缚术制服他们；我可以把他们像赶绵羊般赶往谷河口；或者昨晚，在这里，想想我可以引发多大骚动！他们永远不会知道被什么攻击。”

“他们还是不知道。”她说道。

他向她瞥了一眼，眼中有极稀微却无法抑止的胜利光芒。

“没错，”他说，“他们不知道。”

“拿草耙还蛮有两下子。”她喃喃道。

他打了个大哈欠。

“你怎么不去睡一会儿？走廊上第二个房间。还是你想招待客人？我看到云雀、荻琪带着几个孩子过来了。”她一听到声音便站起身，从窗子望去。

“那我去睡了。”他说，溜出房间。

云雀夫妇、铁匠妻子荻琪，还有村里的其余朋友，整日都在往这儿跑，来传送及听取消息，完全如格得所料。她发现有他们陪伴让她重新振奋，将她一点一滴带离昨夜那如影随形的恐惧，直到她可以让事情过去，不再当成正在发生、会不停发生在她身上的事。

瑟鲁也必须学会这点，她想，不是一夜的经历，而是她的一辈子。

别人离去后，她对云雀说："我最气不过自己的是，我太蠢了。"

"我早就告诉你要把房门锁好。"

"不是……也许……就是这样。"

"我懂。"云雀说道。

"但我是指，他们在这里时，我可以跑出去找香迪和清溪，或许我可以带着瑟鲁逃走。或许我可以跑到棚舍，自己抓起草耙或修剪苹果树的树剪——它有七英尺长，刀锋像剃刀一样锋利，我保养得像火石在时一样好。我为什么没那么做？我为什么束手无策？为什么只把自己反锁，却一点用也没有？如果他……如果鹰不在这里……我只是把自己跟瑟鲁困在屋内。我后来终于抓着屠刀走到门口，对他们大吼。我那时快要疯了，但这样也吓不走他们。"

"我不知道，"云雀说，"的确很疯狂，但也许……我不知道。你除了锁上门外，还能如何？但我们一辈子好像都在锁门。这就是我们住的房子。"

两人环顾石墙、石地板、石烟囱、厨房里阳光四射的窗户，在橡木农庄，农夫火石的房屋。

“他们杀害的那女孩，那女人，”云雀说，以敏锐的神色看着恬娜，“她也一样。”

恬娜点点头。

“他们其中一人告诉我，她怀孕了。四五个月大。”

两人同时沉默。

“受困。”恬娜说道。

云雀往后一靠，双手放在被裙子覆盖的壮硕大腿上，背脊挺直，姣好的面孔一脸严肃。“恐惧，”她说道，“我们这么怕的是什么？我们为什么要让他们知道我们在害怕？他们怕的又是什么？”她拾起原本缝补的袜子，在手中翻转，沉默。终于她问道，“他们为了什么怕我们？”

恬娜纺线，没有回答。

瑟鲁跑进屋内，云雀迎接她：“我的亲亲来了！来给我抱一下，我的亲亲小乖！”

瑟鲁匆匆拥抱她。“他们抓到的人是谁？”她以嘶哑平板的声音问道，眼光从云雀移向恬娜。

恬娜止住纺轮，缓缓开口。

“一个是悍提，另一个男的名叫砂格。受伤的人叫黑克。”

她直视着瑟鲁，看到那丛火焰，疤痕泛红。“他们杀死的女人，好像叫赛妮。”

“赛妮妮。”孩子悄声道。

恬娜点头。

“他们杀死她了吗？”

她再度点头。

“特波说他们来过这里。”

她三度点头。

孩子环顾房间四周，如同她们方才所做，但她表情完全不屈从，锐利的视线仿佛穿过了墙壁。

“你们会杀死他们吗？”

“他们可能被处以吊刑。”

“处死？”

“是的。”

瑟鲁点点头，有点漠不关心。她又走出屋子，到井屋边重新加入云雀的孩子们。

两个女人一言不发，纺线、补衣，沉默地坐在壁炉边，在火石的房子里。

良久，云雀说道：“那个家伙，就是那个跟踪他们来这里的牧羊人，他怎么样了？鹰？你是这么叫的？”

“他在里面睡觉。”恬娜说，朝屋内深处点了一下头。

“啊。”云雀说。

纺轮呼噜噜地转着。“我以前就认得他了。”

“啊。是在锐亚白那边，对不对？”

恬娜点点头。纺轮呼噜噜地转动。

“要跟踪那三人，还在漆黑中用草耙攻击，可要点勇气。他，不是个年轻人吧？”

“不是。”一会儿后，她继续道，“之前他生了病，还需要找份工作。所以我叫他从山上下来，告诉清溪让他在这里干活。但清溪认为自己还做得动，所以叫他去热泉上面，做夏天的牧羊工作。他那时正从山上回来。”

“看来你想把他留在这边，是吧？”

“如果他愿意。”恬娜答道。

又一群人从村里来到橡木农庄，想听听葛哈的叙述，告诉她他们在这场大追缉中的角色，看看那柄草耙，比对四根长铁齿跟黑克那家伙绷带上的三个血点，再回味一遍。夜晚到来，恬娜才终于松了口气，把瑟鲁叫回屋内，关上门。

她举起手要闩门，却又放下了手，强迫自己离开，任由它未上闩。

“雀鹰在你房间里。”瑟鲁告诉她，从冷藏室拿着鸡蛋回到厨房。

“我本来要告诉你他到了……对不起。”

“我认得他。”瑟鲁一面说，一面在储物室里洗脸洗手。格得睡眼惺忪、满头乱发地走进厨房时，她直接走向他，举起双手。

“瑟鲁。”他说道，抱起她，搂近。她紧抱住他片刻，然后抽开身子。

“我会《伊亚创世歌》的开头。”她告诉他。

“要不要唱给我听？”他再次向恬娜望了一眼，寻求许可后，坐在壁炉边惯常的位置。

“我只会背诵。”

他点点头，等待，表情颇为严肃。孩子说道：

自无而有，
自始而终，
孰能知悉？
夫近而为退，
凡人不知其道也。
永归万物中，
至寿者，守门者，兮果乙……

孩子的声音像刷过铁皮的铁刷，像枯叶，像嘶嘶燃烧的火焰，直到她念出第一诗节的终结。

是以，光明伊亚升于浪沫。

格得简洁有力地点头嘉许："很好。"

"昨晚，"恬娜说，"她昨晚才背的。感觉像是一年前的事了。"

"我还可以继续学。"瑟鲁说道。

"你会学到的。"格得告诉她。

"现在请先把挤压器洗干净。"恬娜说，孩子听从。

"我该做什么？"格得问。恬娜迟疑了一会儿，端详他。

"我需要装满水壶，烧开水。"

他点点头，提着水壶走到水泵那里去了。

三人做好晚餐、吃完、清理。

"再把你背过的《创世歌》背诵一次，"格得在壁炉前对瑟鲁说，"然后我们从那里继续。"

她跟着他背诵一遍第二诗节，跟恬娜背诵一次，然后自己背诵一次。

"上床了。"恬娜说道。

"你没跟雀鹰说王的事。"

“你告诉他。”恬娜说，对这个拖延的借口感到好笑。

瑟鲁转向格得。她的小脸，伤疤与完整的两边，失明与正常的双眼，极为专注热切。“王搭船来。他有柄长剑，他给了我一只骨头海豚。他的船在飞，但我那时生病，因为悍提碰到了我。后来王摸了那里，印记就不见了。”她伸出圆润纤细的手臂。恬娜睁大眼睛，她完全忘记了那个印记。

“有一天我想飞到他住的地方。”瑟鲁告诉格得，他点点头。“我会去的。”她说道，“你认得他吗？”

“我认得他。我跟他一同去了一趟漫长的旅行。”

“去哪儿？”

“到太阳不升起、星星不落下的地方。然后从那儿回来。”

“你是飞去的吗？”

他摇摇头。“我只会走路。”他说道。

孩子思索片刻，然后仿佛得到了满意的答案，于是道了晚安，回到自己的房间。恬娜随后进入，但瑟鲁不想让她唱歌哄自己入睡。“我可以在黑暗中背《创世歌》，”她说道，“背两段诗节。”

恬娜回到厨房，隔着壁炉面对格得坐下。

“她变得真快！”她说，“我追不上她。我已经过了养孩子的年纪。而她……她听我的话，但只因为她想听。”

“这是服从的唯一正当理由。”格得评述道。

“但她打算反抗我时，我该怎么办？她有某种野性。有时她是我的瑟鲁，有时她是别的东西，超乎我所能及。我问亚薇能否考虑训练她，毕梣建议的，亚薇说不行。‘为什么？’我问。‘我怕她！’她说……但你不怕她，她也不怕你。所有男人，她只允许你跟黎白南两人碰触她。而我让那……那悍提……我没法谈这件事，噢，我累坏了！我什么都不懂……”

格得往火上添了一块木疙瘩，让小火慢慢地燃烧，两人一同看着火焰跳跃、颤舞。

“格得，我想要你留在这里，”她说，“如果你愿意。”

他没有立即回答。她说道：“或许你想去黑弗诺……”

“不，不是。我无处可去，我正在找工作。”

“嗯，这里要做的事情可多着呢。清溪不肯承认，但他的痛风让他大概只能做做园艺工作了。我回来后，就一直想要个人手帮忙。我真想好好数落那老顽固一顿，居然就那样把你送上山，但没用，他听不进去。”

“对我来说是件好事，”格得说，“那是我需要的时间。”

“你在牧绵羊吗？”

“山羊。在最高的牧地上。他们的一名牧童生病了，赛瑞雇用了我，第一天就派我上山。他们要羊长时间待在高地，好让内层绒毛长得浓密。最后一个月，几乎是我独占山头。赛瑞送我那件外套和一些补给品，要我让羊群在山上待越久越高越好。我照着做。在上面很好。”

“寂寞。”她说道。

他点点头，半带微笑。

“你一直是一个人。”

“是的，一直是。”

她一语不发。他看着她。

“我想在这里工作。”他说道。

“那就说定了。”她道。一会儿，她又说：“至少到这冬季结束。”

今晚的霜结得更厚实。两人的世界中，除了火焰的低语外，一切完美沉静。沉静，仿佛具有实体般横亘于两人之间。她抬起头，看他。

“好吧，”她说，“格得，我该睡在谁的床上呢？孩子的，还是你的？”

他深吸一口气，低低开口说：“如果你愿意，我的。”

“我愿意。”

沉默抓住了他。她看得出他在费力挣脱。“如果你愿意对我有点耐性。”他说道。

“我已经耐心待你二十五年了，”她说，看着他，开始轻笑，“好了……好了，亲爱的……迟来总比不来的好！我只是个老太婆……没有什么被浪费，永远没有什么是浪费的，这是你教我的。”她站起身，他也站起。她伸出双手，让他握住。两人拥抱，拥抱，更为贴近。两人如此激切，如此爱恋地拥抱彼此，直到天地之间除了对方的存在之外，浑然不觉。睡谁的床已不再重要。两人当晚躺在壁炉前，她教导格得最睿智的智者也无法教导的奥秘。

他重新堆起炉火，从长椅上拉下漂亮毯子，这次恬娜没有反对。她的披风及他的羊皮外套，便是两人的棉被。

两人于黎明破晓时苏醒，微弱的银光落在窗外深黑半裸的橡木枝上。恬娜伸长四肢，好感觉他依靠在身旁的温暖。一会儿，她喃喃道：“他就躺在这里。黑克。就在这地上……”

格得轻声抗议。

“你现在的确是个男子汉了，”她说道，“先把另一个男人戳得浑身是洞，然后跟女人同床共枕。我想，这顺序应该没错。”

“嘘，”他喃喃道，转身面向她，将头枕在她肩窝，“别这么说。”

“我要说。格得，可怜的人！我没有怜悯，只有正义。训练我的人没有教给我怜悯，爱是我唯一的优点。噢，格得，不要怕我！我第一次见到你时，你已是个男人了！能让男人成为男人的，不是武器或女人，也不是魔法，更不是任何力量、任何事物。只能是他自己。”

两人倚躺在温暖甜美的寂静中。

“给我讲点什么。”

他睡意浓重地咕哝了一声，表示同意。

“你怎么会听到他们在说什么？黑克、悍提和另外那人。你怎么能刚巧就在那时，就在那里？”

他以一边手肘撑起上身，好凝视她的脸。他的面容充满自在、满足、柔情，如此坦率、脆弱，她不禁伸手碰触他的唇，在那数月前，她首次亲吻的位置，他再度拥她入怀，交谈不再需要言词继续。

还是有些形式上的手续必须进行。最主要的，便是告诉清溪和橡木农庄的其余佃户，她已经让一个雇工取代了“前主人”的位置。她快速地、不加掩饰地、坦白地宣告了此事。他们对此无能为力，这亦不会对他们造成威胁。只有在男性继承人或权利人阙如的情形下，寡妇才能保有丈夫的产业，火石的海员儿子是他的继承人，火石的寡妇只是帮他管理农场——如果她过世，则由清溪继承管理；如果星火永远不继承，则属于火石在卡赫达嫩的一个远房表亲。清溪与香迪以及提大与西丝这两对夫妇，为这块农场投注一生心血，却无权拥有，这在弓忒很常见。不过，寡妇选择的任何男人都不得遣散他们，即使她与他结婚也是。但她担心他们会憎恶她未为火石守节，毕竟他们认识火石较长久。让她宽心不少的是，他们毫无异议。鹰以一记草耙博得他们的赞许；况且，女人在房子里想要个男人保护，理所当然。如果她让他上床，反正寡妇的欲望，众所皆知；而且，毕竟她是个外来人。

村民的态度也相去不远，虽然有些许窃窃私语及低声嘲弄，但仅此而已。显然赢得尊重比蘑丝想象得还容易，也或许是二手货没什么价值。

他们的接纳与她之前揣想的非议，同样让她感到受玷污、贬低。只有云雀让她自耻辱中解脱，毫无评断，不用任何字眼——男人、女人、寡妇、外来人——取代她看见的事物，仅仅观望，带着兴味、好奇、羡慕及宽容，看着她与鹰。

因为云雀并未透过牧人、雇工、寡妇的男人等字句检视鹰，而是直接看到他本人，所以她发现了许多不解之事。他的自尊与简朴不输她认识的其余人，但在特质上有些许不同。他有某种硕伟之处，她想，当然不是身高或胖瘦，而是在其灵魂及心灵。她对亚薇说：“那人并非一生都与山羊共处。他对世事的了解比对农庄多得多。”

“我认为他是个受诅咒，或因某种原因而丧失巫力的术士。”女巫说，“这种事有可能发生。”

“啊。”云雀说道。

但来自浮华世界及皇宫宝殿的“大法师”一词，用在橡木农庄上的黑眼灰发男子身上，又显得太崇高伟大了些，因此她从来没做此联想。如果她曾想过，就绝不可能如此轻松地与他相处。连他曾经可能是个术士这点，都让她颇不自在，名称会扰乱她对本人的印象，直到她后来再次亲眼见到他。那时他正攀坐在果园里的一株老苹果树上锯除死木，她朝农庄走来时，他大声招呼。他的名字很适合他，她想，这样栖息在树上。她朝他挥挥手，带着微笑继续前行。

恬娜一直惦记着在羊皮外套下、壁炉旁地板上讨论的那个问题。时间在这间被冬季锁闭的石屋中，十分甜美惬意地流逝，不知几天或数月后，她又问了一次。“你一直没告诉我，”她说，“你怎么会听到他们在路上谈话。”

“我想我跟你说过。我听到有人从我后方来时，躲到路旁。”

“为什么？”

“我当时只身一人，而且我知道那附近有几个强盗集团。”

“当然……但他们经过时，黑克正好谈到瑟鲁？”

“我想，他说的是‘橡木农庄’。”

“这都很合理。只是，看起来太巧了。”

他明白她并非不信他的话，向后倚躺，等待。

“这就是会发生在巫师身上的那种事。”她说道。

“也会发生在别人身上。”

“也许吧。”

“亲爱的，你该不会是想要我……重操旧业吧？”

“不是。压根儿不是，这样就太不明智了。如果你是巫师，你还会在这里吗？”

两人正躺在宽大的橡木床上，严严实实地盖着羊皮及羽毛被，因为房间里没有壁炉，当晚除了落雪，又降硬霜。

“但我想知道的是这样一件事：除了你称为‘力量’的东西外，还有些什么？也许先于力量，或力量仅仅是某件事物的表现方式之一？就像欧吉安有次谈及你，他说你在承袭任何知识或训练以成为巫师前，就已是法师了。天生的法师，他说。所以我想，在拥有力量之前，必先拥有容纳力量的空间，一处等待填满的空无。而这空无愈大，则可填入愈多力量。但如果从未得到力量，或者被夺取、被送出，则空无依旧在。”

“那处空无。”他说道。

“空无只是一种说法，也许不正确。”

“潜力？”他说，然后摇摇头，“能变成、成为某种事物？”

“我想你会在那条路上，时机正好、地点也正好，就是因为如此，因为那是会发生在你身上的事。你没让它发生，你没促成它，它并非因你的‘力量’而发生。它发生在你身上，只是因为你的……空无。”

须臾，他说：“这跟我年轻时在柔克学到的理念类同：真正的法术在于‘为所当为’。但这又更进一步。不只是‘为’，而是‘被作为’……”

“我认为不只这样，应该比较像是真实作为的发源。你不是来救了我一命、用耙子刺了黑克吗？那的确是‘作为’，为所当为……”

他又陷入沉思，最后问她：“这是你作为护陵女祭司时被授予的智慧吗？”

“不是。”她伸展一下身体，望入黑暗，“阿儿哈被教导：要拥有力量，就必须牺牲，牺牲她自己，还有别人。这是一项交易，付出才有所得。我无法说这些话不对，但我的灵魂无法存活在那狭隘地方——以物易物、以牙还牙、以死还生……在那之外，更有一种自由。在给付、报答、赎偿之外；在一切交易与平衡之外，有一种自由。”

“‘其间之道’。”他轻声说。

那晚，恬娜做了梦。她梦见自己看到《伊亚创世歌》中的通道。是扇小窗，镶着粗糙、雾白、厚重的玻璃，低低嵌在海上一座老屋的西墙上。窗户紧锁。她想打开窗户，但需要一个字，或一把钥匙，是被她遗忘的事物，一个字、一把钥匙、一个名字，没有它便开不了窗。她在逐渐缩小变暗的石屋中搜寻，直到发现格得正搂着她，想唤醒她、安慰她，说：“没事了，亲爱的，一切会没事的！”

“我逃不掉！”她呼喊，紧紧地搂住他。

他抚慰她，手轻顺她的头发，两人向后倚躺，他悄声道：“看。”

古老的月亮升了起来，照映落雪的白耀光芒反射入屋，因为即便如此寒冷，恬娜依然不愿关窗板。他们上方的空气处处迷蒙泛光。两人躺在阴影下，屋顶仿佛只是一层薄纱，笼罩着他们，隔开彼端无边、银白、宁静的光海。

今年弓忒有个多雪、漫长的冬天，收成也非常好。人畜都有食粮，所以除了吃喝保暖外，没事可做。

瑟鲁已会背全篇《伊亚创世歌》。她在日回那天诵读《冬颂》与《少王行谊》；她知道如何捏馅饼皮、使用纺轮、做肥皂；她知道露在雪地上所有植物的名称及功用，还有许多草药及口传民俗之事，全都是格得跟着欧吉安短暂习艺，以及在柔克学院度过的漫长岁月中，装进脑袋里的知识。但他没将符文书或术典从壁炉柜上拿下，也未教导孩子创生语的只字片句。

他与恬娜讨论此事。她告诉他，她曾经试图教瑟鲁一个字：“拓”，随即中止，因为感觉不对，虽然她不明白为何有此念。

“我以为或许因为我从未真正说过这语言，从未在法术中用它。我想，或许她应该向真正说创生语的男人学习。”

“没有那种男人。”

“更没有那种女人。”

“我的意思是，只有龙将它当母语使用。”

“它们是学会的吗？”

骤然面对这问题，他迟迟没有回答，显然正在脑海中回忆所有他曾听过或知道的关于龙的知识。“我不知道，”他终于回答，“我们了解它们些什么？它们是否像我们一样，母传予子，长传予幼？或者像动物一样，教导某些事，但绝大部分都是生而知之？我们连这点都不知道。但我猜想，龙跟龙语，两者为一，是同一的存在。”

“而它们不说别的语言。”

他点点头。“它们无须学习，”他说，“它们便是语言。”

瑟鲁走进厨房。她的工作之一是确保柴火盒随时填满，她忙着做事，裹着短羊皮外套，戴着帽子，在厨房及柴房间来回。她将怀中抱得满满的木柴放进烟囱旁边的盒子，重新出发。

“她唱的是什么歌？”格得问道。

“瑟鲁吗？”

“她独自一人时。”

“但她从来没唱过歌。她无法唱。”

“她依自己的唱法，‘西之西处……’”

“啊！”恬娜说，“那个故事！欧吉安从来没跟你提起楷魅之妇？”

“没有，”他说，“告诉我。”

她一面纺织，一面对他说故事，纺轮的呼噜声、嘘哈声与故事的词句一搭一唱。最后，她说道：“风钥师父告诉我说他来找‘弓忒岛上的女人’时，我想到她。但她现在一定已经过世了。无论如何，一个是龙的渔妇，怎么可能是大法师！”

“嗯，形意师父没说弓忒岛上有个女人要成为大法师。”格得说道。他正在缝补一件破烂至极的长裤，端坐窗台上，好把握阴暗天色中的些许微光。日回已过半月，正是最冷的时分。

“那他说的是什么？”

“‘弓忒岛上的女人’。你是这么告诉我的。”

“但他们在问，谁会是下任大法师。”

“然后未获得那问题的答案。”

“‘法师的争论永无休止’。”恬娜平板地说道。

格得咬断线头，将无用的一端缠绕在两指间。

“我在柔克也学会了点诡辩，”他承认，“但我想这不是诡辩。‘弓忒岛上的女人’不能成为大法师。没有女人能成为大法师。她会在成为时，毁坏她所成为的。柔克法师是男人，他们的力量是男人的力量，他们的知识是男人的知识。男人与法术建立在同一块基石上，力量属于男人。如果女人有力量，那男人除了是不会生育的女人外，还能是什么？而女人将只不过是能生育的男人罢了。”

“哈！”恬娜吐了一口气。过一会儿，她略带狡猞地说：“不是有过女王吗？难道她们不是力之女？”

“女王只是女的王。”格得说道。

她从鼻子里哼了两声。

“我是指，男人赋予她力量，男人让女人使用他们的力量。但这不是她的，不是吗？并非‘因为她是女人，所以拥有力量’，而是‘即使她是女人，她也有力量’。”

她点点头，伸个懒腰，坐离纺轮。“那么女人的力量是什么？”她问道。

“我认为，我们不知道。”

“什么时候女人会因身为女人而拥有力量？我想是在孩子上吧。有一阵子……”

“也许是在她的房子里时。”

她环顾厨房。“但门关着，”她说，“门都锁着。”

“因为你很珍贵。”

“喔，是的。我们很珍贵，只要我们没有力量……我记得自己是如何学到这个教训的！柯琇威胁我，我，第一女祭司！我当时意识到了自己的无助。我尊贵，但她有力量，她的力量来自神王，来自男人。这让我非常生气！而且吓到了我……云雀跟我讨论过此事。她说：‘为什么男人害怕女人？’”

“如果优势只建立在对方的弱处上，便只能活在恐惧中。”格得说道。

“对，但女人好像害怕自己的优势，害怕自己。”

“是否有人教导她们要信任自己？”格得问，他说着，瑟鲁又进来继续做事。他与恬娜眼神相对。

“没有，”她说，“没人教导我们信任。”她看着孩子在盒中堆砌木柴。“如果力量是信任，”她说道，“我喜欢这字眼。如果不按这些等级顺序：王、大师、法师及主人，一切好像都无谓。真正的力量、真正的自由，存于信任，而非蛮力。”

“如孩童信任父母。”他说道。

两人沉默。

“世风如此，”他说，“连信任都可令人腐败。柔克的男人相信自己与彼此。他们的力量是纯正的，纯正得不受一丝玷污，因此他们将纯正误认为智慧。他们无法想象自己会犯错。”

她抬头望着他。他从未如此谈过柔克，完全客观、抽离。

“也许他们需要女人来指出这点。”她说道，而他笑了。

她重新转起纺轮：“我还是不明白为什么。如果能有女王，为什么不能有女的大法师？”

瑟鲁凝神倾听。

“扇火止沸，炊沙成饭。”格得说道，那是一句弓忒成语，“王由他人赋予权力，而法师的力量是他自己的，是他自己。”

“而且是男性力量。因为我们甚至不知道女人的力量是什么。好吧，我懂了。可是无论如何，他们为什么不能找个大法师——一个男大法师？”

格得开始研究长裤褴褛的内侧缝边。“嗯，”他说，“如果形意师父不是在回答他们的问题，便是在回答他们没问的问题。也许他们应该做的是提出问题。”

“这是个谜语吗？”瑟鲁问道。

“是的，”恬娜说，“但我们不知道谜面是什么，只知道谜底是：弓忒岛上的女人。”

“这里有很多女人。”瑟鲁思索一刻后说，显然心满意足，走出门，搬运下一批柴火。

格得看着她离开。“一切都改变了，”他说，“一切……恬娜，有时候我想，我在想黎白南的王治是否只是开端。道……而他是道的守护者，不是过客。”

“他看来那么年轻。”恬娜温柔说道。

“跟莫瑞德当年遇上黑船时一样年轻。跟我一样年轻，我当年……”他住口不言，透过窗户看着外面光秃的树木和灰白冰冻的田野，“或是你，恬娜，在那黑暗的地方……年轻或衰老是什么呢？我不知道。有时我感觉自己仿佛活了一千年，有时我感觉自己的人生像透过墙缝的一瞥惊鸿。我死过，也重生过，在旱域、在太阳下的这里，不止一次。而《创世歌》告诉我们，我们曾回归，并将永远回归源头。而源头永不止歇。‘唯死亡，得再生……’我带着山羊在山上时，想着这点，白昼似乎永无止境，但在夜幕降临后，时间又像静止不动，然后又是早晨……我领会了羊的智慧。所以我想，我的悲哀是为了什么？我哀悼谁？大法师格得吗？为什么牧羊人鹰会为他感到哀伤羞辱？我做了什么该感到羞辱的事吗？”

“没有，”恬娜说，“没有，永远不会！”

“喔，会的，”格得说，“人类的伟大基于耻辱，由耻辱而生。因此，牧羊人鹰为大法师格得哀悼，同时也尽其所能，如牧童般照顾羊群……”

一会儿后，恬娜微笑。她略为害羞地说：“蘑丝说你现在像十五岁。”

“我想应该差不多。欧吉安在秋天为我命名，来年夏天我便去了柔克……那男孩是什么？一份空无……一种自由。”

“瑟鲁是谁，格得？”

他没回答，直到她以为他不会回答时，他才说：“被如此创造……她还能有什么自由？”

“所以我们便是我们的自由？”

“我想是的。”

“你力量完全时，仿佛拥有着人类最顶级的自由。但付出了什么代价？什么让你自由？而我……我被创造，像陶土一样，被那些女人的意志塑造。她们服侍太古力，或是服侍建立所有仪式、道法、场所的男人，我分不清楚到底是哪一种。然后我自由了，与你还有欧吉安一道，在那片刻。但那不是我的自由。它只给了我选择，而我做了选择。我选择像陶土一般塑造自己，好用于农庄、农夫及我们的孩子上。我将自己塑成容器，我明白它的形状，但不明白陶土；生命舞动我，我认识舞步，但我不知道舞者是谁。”

“而她，”格得在长长的沉默之后说，“如果她有朝一日能起舞……”

“人们会惧怕她。”恬娜悄声道。而后孩子进了屋，谈话主题便转向在火炉边盒中发胀的面包面团。他们如此交谈，安静冗长，从一件事到另一件事，回顾、反复，超过短暂半日，用语言将两人生命中那些未曾分享的岁月、行事、思绪，纺织、缝合为一。然后，他们将再度沉默，工作、思考、梦想，身旁伴着沉默的孩子。

冬季如此度过，直到羔羊诞生的季节降临。白昼延长、天色转亮时，工作一度变得十分沉重。而后，燕子从阳光下的岛屿，从南陲，那戈巴登星在终结星座中闪亮之处飞来，但燕子间彼此的絮语，只讲述着开始。

第十三章

主人

THE MASTER

船舰宛如燕子，随着春返大地，开始穿梭于岛屿间。村里谈论着谷河口传来的消息，说王室舰队正在驱逐侵夺者，将长久以来势力庞大的海盗逐步毁灭，没收他们的船舰及财产。汉诺大人亲自派出他最好、最快的三艘船舰，领军的海狼术士名叫呔戾，是个让索利亚到安卓群屿之间的每个商人都深深惧怕的人物，他的舰队在欧瑞尼亚外海埋伏袭击王室舰队，但最后是王室舰队载着被铁链紧锁的呔戾，驶入谷河口湾，并奉命将汉诺大人带至弓忒港，以海盗及谋杀罪名接受审判。汉诺躲入谷河口山后的石宅邸，准备长期抗战，但温暖春意让他忘了生把火，于是五六名年轻的国王士兵从烟囱突袭他，整团军队押解五花大绑的他在谷河口游街示众，带他前往接受审判。

格得听到这消息时，以挚爱且骄傲的语气说道：“他能成就一个王所成就的一切。”

悍提和砂格已经从北路押解到弓忒港，等黑克的伤势一稳定，也将随后登船载去，因谋杀罪名在王室法庭接受审判。他们将被处以绞刑，在中谷内带来极大的满足及沾沾自喜，而恬娜和身边的瑟鲁只是静静地聆听着这一切。

也有其他船舰载着王派遣的人士而来，却不一定受到粗鄙的弓忒镇民与村民欢迎：皇家巡官被派来公布执法长官和治安官员的制度，同时听取平民抱怨及陈情；订税人及收税人；贵族前来拜访弓忒小领主，礼貌询问他们是否效忠于黑弗诺王室；还有巫师一类的人随意来去，好像做得不多，说得更少。

“我想他们毕竟还是在找新任大法师。”恬娜说道。

“或是在搜寻技艺的误用，”格得说，“背离的法术。”

恬娜本来要说“那叫他们往锐亚白领主的宅邸找去”，但舌头在这些字词上打结。我刚要说什么？她想。我有没有跟格得说过……我真是愈来愈健忘了！我本来要跟格得说什么来着？啊，是我们最好在牛跑出去前，修好牧草园的低栅门。

在她心上总是有几件事，十几件事，都是农庄上的活儿。“你从来不会只想着一件事。”欧吉安从前说道。即使有格得帮忙，她所有思绪和时间还是都投入农庄事务。他不像火石，他会与她分担家务——但火石是农夫，格得却不是。他学得很快，但有很多事情正等着他学习。两人只顾不停工作，没多少时间可谈话。一天终了时，两人会一同进餐、上床欢爱、入睡，清晨起身，开始工作，反复又反复，像水车轮一般盛满又倾倒地轮回。日子如明亮水柱般不断洒落。

“嗨，妈妈。”一个瘦长的人站在农庄门口说道。她以为是云雀的大儿子，回道：“什么风把你吹来的，小伙子？”接着她越过咯咯的鸡群与成列的鹅群，回望向他。

“星火！”她喊，跑向他，驱散了鸡鹅。

“好了，好了，”他说，“不要太激动。”

他让她拥抱，她轻抚他的脸庞，然后走进屋里，在厨房桌子边坐下。

“你吃过了没？见过艾苹了吗？”

“我可以再吃点。”

她在储量丰富的橱柜中翻找。“你现在在哪艘船？还在‘海鸥’吗？”

“不。”一阵静默，“我的船散了。”

她害怕地回身。“撞沉了？”

“不是。”他不带一丝幽默地笑着，“船员散了。王的手下攻占了‘海鸥’。”

“但那不是海盗船。”

“不是。”

“那为什么？”

“说是船长载着某些他们想要的东西。”他很不情愿地说道。他还是一样瘦，但看起来年纪更大，晒得黝黑，头发披散，瘦削的脸庞依然像火石，但更瘦、更硬实。

“爸呢？”他问。

恬娜凝身不动。

“你没有先看望你姐姐？”

“没有。”他满不在乎地说道。

“火石三年前死了，”她说，“中风。死在农场上，在那条从小羊圈过来的小径上。清溪发现的。已经三年了。”

一阵沉默。他不知该说什么，可能也无话可说。

她在他面前摆下食物。看他吃得狼吞虎咽，她立刻端出更多。

“你最后一次吃饭是什么时候？”

他耸耸肩，咀嚼着食物。

她隔着桌子在他对面坐下，晚春的阳光涌进餐桌对面的矮窗，照映在炉火铜架上。

他终于推开盘子。

“那现在是谁在管理农场？”他问道。

“儿子，这与你有何干系？”她问他，温柔却平淡。

“它是我的。”他以近似生气的语气说道。

一会儿后，恬娜站起身，收起他的盘子：“的确是。”

“你当然可以留下。”他非常别扭地说道，或许想开个玩笑，但他不是会开玩笑的人，“老清溪还在吗？”

“他们都还在。还有个叫鹰的男人，以及一个我收留的孩子，都在房里。你得睡在阁楼，我会把梯子架起来。”她再次面对他，“所以你是要留下来吗？”

“或许吧。”

二十年来，火石都如此回答她的问题，以不置可否的态度拒绝她询问的权利，在她的无知上维持自由。颇为可怜、狭隘的自由，她心想。

“可怜的孩子，”她说道，“你的船员都散了，父亲过世，家里还有陌生人——都在同一天发生。你需要点时间来恢复。对不起，儿子，但我很高兴你在这儿。我冬天时常想着你在海上的暴风里。”

他什么都没说。他无可给予，也无法接受。他椅子一推，正要起身时，瑟鲁走进房子。他半立，盯着她：“她发生什么事了？”

“她被烧伤。瑟鲁，这是我的儿子，我跟你说过的，他是个水手，叫星火。星火，瑟鲁是你妹妹。”

“妹妹！”

“我收养了她。”

“妹妹！”他再次说道，仿佛寻找证人般地环顾厨房，然后睁大眼睛望着他的母亲。

她也回望着他。

他走出大门，远远避开毫无动静的瑟鲁，将身后的门砰的一声甩上。

恬娜想对瑟鲁说话，但说不出来。

“不要哭。”孩子一声没哭，走到她身边，轻触她的手臂。“他伤害你了！”

“瑟鲁！让我抱抱你！”她坐在桌边，将瑟鲁抱在腿上，抱在怀里。虽然瑟鲁已经快大得让她抱不住，也一直学不会如何自然地被拥抱，但她依然抱着她哭泣。瑟鲁俯下疤痕累累的脸颊，贴在恬娜脸侧，直到被泪沾湿。

黄昏时，格得与星火从农庄的两个不同的入口进了屋。星火显然已与清溪谈过，同时把整个情况想过了一遍；而格得显然仍试图了解情形。晚餐时，除了小心翼翼的少量对话外，他们什么都没说。星火没抱怨不能睡他的老房间，以水手的步伐跑上通往储物阁楼的梯子。显然他对母亲为他铺的床颇为满意，因为他一直睡到隔天日上三竿才下楼。

他立刻想吃早餐，也认为早餐就该端到他面前。他父亲一向被母亲、妻子、女儿伺候，难道他不如父亲？她该向他表现这点吗？她为他端上餐点，为他收拾盘子，然后回到果园，与瑟鲁、香迪烧尽一堆威胁新结果子的黄褐天幕毛虫。

星火也加入清溪与提夫的劳动。随着时间流逝，他与他们相处的时间愈来愈长。需要劳力的粗活，及庄稼、绵羊需要的细活，由格得、香迪及恬娜做；而住在这里一辈子的两个老人，清溪和提夫，他父亲的工人，带着他四处走动，告诉他他们如何劳动，也真正相信他们自己是在劳动，与他分享他们的信念。

恬娜在屋里时变得哀伤。只有在户外务农时，她的怒气，还有星火的存在带给她的耻辱，方能止歇。

"轮到我了。"她在两人的房里，在仅有星光点亮的黑暗中，对格得说道，"轮到我失去我最骄傲的事物。"

"你失去了什么？"

"我儿子。我没能把他养成顶天立地的男子汉。我失败了。我让他失败了。"她咬着唇，干枯的双眼凝视黑暗。

格得未与她争辩，或说服她摆脱心里的哀凄。他问道："你认为他会留下吗？"

"会的。他很怕再回到海上。他没告诉我他在船上的事实，至少不是所有事实。他是二副，我想他可能涉及运载赃物。二手海盗。我不在乎，弓忒水手都是半个海盗，但在这件事上他说谎。他说了谎。他忌妒你。一个不诚实、善妒的人。”

“我想是害怕，”格得说，“不是邪恶。而且这是他的农庄。”

“那他就拿去好了！他希望这里对他也像原来……”

“不，吾爱，”格得说，双手、声音都制止她，“别说……别说那邪恶的字眼！”他如此焦急、热切的诚恳，让她的满腔怒气回复成原本的爱意，于是她喊：“我不会诅咒他，也不会诅咒这地方！我不是有意的！只是这件事让我如此懊悔，如此羞愧！我好懊悔，格得！”

“不，不，不。亲爱的，我不在乎那孩子怎么想我。但他对你太严厉了。”

“还有瑟鲁。他对待她就像……他说，他对我说，‘她做了什么让她变成那样？’她做了什么……”

格得如常抚摸着她的长发，轻柔、缓慢，一再抚摸，让两人充满亲密欢愉的睡意。

“我可以再去牧羊，”他终于说道，“这会让你在这里的处境轻松点。只是工作……”

“我宁愿跟你一道走。”

他继续轻抚她的长发，似乎陷入沉思。“我想应该可以吧，”他说，“利苏上面也有一两户牧羊的家庭，可是冬天来时……”

“或许会有农夫愿意雇我们。我熟悉农事，还会养绵羊，而你会养山羊，学什么也都很快……”

“用草耙也蛮有两下子的。”他喃喃道，诱她发出小小的啜泣般的笑声。

第二天早上，星火很早起床，与他们共进早餐，因为他要跟老提夫去钓鱼。他从桌旁站起，以较平常更为和善的语气说道：“我会带一堆鱼回来当晚餐。”

恬娜一夜之间下定决心。她说：“等一下，星火，先把桌子清理干净再走。把盘子放在洗碗槽，上面淋点水，晚上再跟晚餐的盘子一起洗。”

他盯视她一会儿后说：“那是女人的工作。”一面戴上帽子。

“谁只要在厨房吃饭，就是他的工作。”

“不是我的。”他断然说道，走出大门。

她紧跟而出，站在门前阶梯。“是鹰的工作，却不是你的？”她质问道。

他只是点点头，穿过院子扬长而去。

“太迟了，”她说道，转回厨房，“失败了，失败了。”她可以感觉到脸上每条僵硬的线条，在嘴边，在双眼间。“再怎么帮石头浇水，”她说，“它也长不大。”

“你得趁他们还少不更事的时候就开始，”格得说，“像我这样。”

这次，她笑不出来。

两人辛劳一天后，回到家来，看到有人站在前栅门，跟星火交谈。

“那是从锐亚白来的家伙，对不对？”眼力敏锐的格得说道。

“来吧，瑟鲁。”恬娜说道，因为孩子停了一下，“什么家伙？”她有点近视，所以眯起眼隔着院子望着，“喔，他叫什么来着，那个羊贩子。镇生。他回来这里做什么？寻人晦气的乌鸦嘴！”

她一整天都心情暴躁，因此格得及瑟鲁都明智地不答腔。

她走向栅门前的男人。

“镇生，你是来问小母羊的事吗？你晚了一年，不过今年生的那些，还有几只在羊舍里。”

“我刚在跟农庄主人谈呢。”

“你在跟他谈？”

一听到她的语气，星火的脸色愈发阴沉。

“那我就不打扰你跟主人的谈话了。”她说道，正转身离去，镇生开口说道：“我有信息要给你，葛哈。”

"事不过三。"

"老女巫，你认识的老蘑丝，她身子不大好。她说，既然我要下到中谷来，就帮她带个话，她说：'告诉葛哈太大，我在死前想见她一面，如果她愿意来。'"

乌鸦嘴，晦气的乌鸦嘴，恬娜想，满腔怨恨地瞪着带来坏消息的信差。

"她生病了？"

"病得厉害。"镇生说，浮起一抹可能想表达同情的虚假微笑，"冬天生的病，她很快变得衰弱，所以她要我告诉你，她很想在死前见你一面。"

"谢谢你带来的消息。"恬娜肃然说道，转身进房。镇生与星火一同进了羊舍。

他们准备晚餐时，恬娜对格得及瑟鲁说："我必须去。"

"当然，"格得说，"你若想，我们三人可以一起去。"

"你愿意吗？"在这一整天里，她的脸第一次明朗起来，乌云退散，"噢，"她说，"这……这太好了……我本不想问……我想或许……瑟鲁，你想不想回小屋，欧吉安的小屋，一下下呢？"

瑟鲁静静思索。"我可以看看我的桃树。"她说道。

"是的，还有石南，还有希皮，还有蘑丝……可怜的蘑丝！我多么想，我多么想回到那里，但总觉得不对劲。有个农庄要管，还有所有的……”

她感觉好像有别的原因阻止她回去，不允许自己想着回去，甚至在渴望回去之前，都不知道存在这么一个原因。但无论原因为何，均如灰影，如遗忘的文字一般，消失得无影无踪。“不知有没有人照顾蘑丝，有没有人去找治疗师。她是高陵上唯一的治疗师，但弓忒港那儿一定有人能帮她。可怜的蘑丝！我想去……现在太晚了，但明天，明天一大早。主人可以自己准备早餐！”

“他学得会的。”格得说道。

“不，他不会。他会找个笨女人帮他弄。啊！”她环顾厨房，表情明亮而炽烈，“真不想将我这二十年来花在这张桌子上的心血都留给她。希望她懂得珍惜！”

星火把镇生带进屋内用晚餐，而依照一般待客之道，必须供他当晚住宿，只是买羊人不愿留下过夜。如果他留下，睡的就是她家的床，恬娜一点也不喜欢这个想法。在春夜深蓝的暮色里，她满意地看他返回村里招待人的家中。

“儿子，我们明天一大早就要出发去锐亚白。”她对星火说，“鹰跟瑟鲁，还有我。”

他看起来有点害怕。

“就这样走吗？”

“你也是这么走，这么回来的。”他母亲说道，“现在，星火，仔细听着：这是你父亲的钱箱，里面有七块象牙片，还有老桥男的借据，不过他大概不会还钱了，因为没东西可还。这四片安卓钱是火石连续四年将羊皮卖给谷河口修船商所赚来的，你那时还小。这三片黑弗诺钱，是索力跟我们买高涧农庄时付的钱。是我让你父亲买下那座农庄，也是我帮着他清理、脱手卖掉的，所以我拿这三片，因为是我赚的。其余的，还有这座农庄，是你的。你是主人。”

高瘦的年轻人站在那儿，呆望钱箱。

“全部拿去吧，我不想要。”他低声说道。

“我不需要这些，谢谢你，儿子。留着这四片。你结婚时，算是我送给你妻子的礼物。”

她将盒子收回火石一向放置的地方，橱柜最上层的大盘子后面。“瑟鲁，现在去把东西收好，我们明天一大早就要出发。”

“你什么时候回来？”星火问，语气让恬娜想起过去躁动、孱弱的孩子，但她只说：“孩子，我不知道。你需要我的时候，我就会来。”

她忙着拿出旅行的靴履及背包。“星火，”她说道，“你可以帮我个忙。”

坐在炉火边的他，看起来茫然阴郁。“什么事？”

“找个时间去谷河口一趟，见见你姐姐，告诉她我回高陵去了。跟她说，如果她需要我，就送个信来。”

他点点头，看着格得像个惯于旅行的人那样，整齐迅速地收起少数私人物品，将盘子放好，让厨房恢复整齐。之后，他坐到星火对面，将一条绳子穿过背包上的孔眼，束起开口。

“这得用一种特殊的结，”星火说，“水手结。”

格得沉默地从壁炉另一端将背包递给他，看着他沉默地示范绳结。

“像这样滑动。”他说道，格得点点头。

他们在黑暗寒冷的清晨离开农庄，太阳很晚才会照到弓忒山西面。在太阳终于绕过硕伟南峰，照耀在他们背上之前，只能靠走路保暖。

瑟鲁走路的速度已是去年夏天的两倍，但这段路程仍需时两天。下午时分，恬娜问道：“我们今天要不要去橡木泉？那里有家旅舍。我们在那里喝了杯牛奶，记不记得，瑟鲁？”

格得抬头，悠悠看着山边。“我知道有个地方……”

“很好。”恬娜说道。

在路上还不到可以看见弓忒港的高处转角前，格得转向路边一片伸入陡峭山坡的森林。西下落日为树干间与树枝下的阴暗斜斜送入一道道红金色光芒。三人沿着恬娜从没走过的小径爬了半英里多，突然遇到山坡的一道小阶，或是平台，背后的山崖及围绕的大树阻挡强风进入这片碧绿的草地。从那里，可以直直望向北方高山，而从巨大杉树间可以清晰地看到西海。一片寂静中，只有风袭时的林涛声。一只山云雀悠长甜美地在阳光下唱着，然后落入鸟巢，隐藏在人迹罕至的翠草间。

二人吃着面包及奶酪，看着黑暗从海面往高山蔓延，在用披风堆成的床铺睡下，瑟鲁靠着恬娜，恬娜靠着格得。恬娜深夜里醒来，附近一只猫头鹰正呼呼叫，重复如钟鸣般的甜美乐音，而在远方山上，它的伴侣回应如钟声魅影。“我要看着星辰落入海里。”但她随即又怀着心中的宁静，坠入沉眠。

她在清晨灰色的曙光中苏醒，发现格得坐在身旁，披风紧紧地裹着肩膀，穿过树林望向西方。他黝黑的脸庞十分沉着安定，全然静默，如同她许久以前在峨团海边所见。现在，他的双眼不同于当时的低垂，而是望向浩瀚无涯的西方。随着他的眼神，她看到旭日初升，玫瑰与金色荣光，澄澈地映照在整片天际。

他转身面对她，而她说道：“从我见到你的第一眼起，我就爱上了你。”

“赐生者。”他说道，然后俯身向前，吻着她的胸脯与嘴唇。她拥抱他片刻。两人站起，唤醒瑟鲁，继续前行。他们走入树林时，恬娜回头向那片小草地望了一眼，仿佛命令它，守护她曾在此感到的喜悦。

旅行第一天的目标通常只是前进；今天，他们会抵达锐亚白，恬娜满心挂记的都是蘑丝阿姨，想着她发生什么事，是不是真的濒临生死边缘。但随着天色及路程的进展，她的脑海无法抓住关于蘑丝的思绪或其余念头。她很疲惫，不喜欢再次走向死亡的感觉。他们经过橡木泉，沿峡谷向下，再度爬坡。抵达最后一段通往高陵的漫长上坡路时，她双腿沉重难举，思绪驽钝混乱，牢牢抓住某个字或景象，直到它变得毫无意义。比如欧吉安家里的碗盘柜，或是瑟鲁的玩具草袋，头脑中浮现出“骨头海豚”几个字，不断重复。

格得迈着轻松的旅人步伐前进，瑟鲁在旁疲累地行走着。不到一年前，瑟鲁曾因为这段长坡累得不成人样，必须让人抱。但那是因为历经更漫长的全天跋涉，而孩子当时尚未自她遭受的惩罚中恢复。

她老了，老得不能走这么快。上坡如此困难。老太婆应该待在家里炉火边。骨头海豚、骨头海豚；骨、捆、捆缚；骨头人、骨头动物……他们走在前头，他们等着她。她缓慢。她疲累。她挣扎着爬上最后一段山路，来到两人站立处，高陵上的平坦坡道。朝左是锐亚白的屋顶，往山崖边下斜；往右是通往宅邸的路。“这边。”恬娜说道。

“不对。”孩子说，指着朝左的村庄。

“这边。”恬娜又道，然后往右边走去。格得跟随她而行。

两人走在核桃果园及草原间。这是个初夏暖热的傍晚，鸟儿在果园树间或近或远地歌唱。那个她记不起名字的人，从大宅前的路上朝他们走来。

“欢迎！”他说道，然后停步不前，向他们微笑。

两人止步。

“多么伟大的贵客，前来造访锐亚白领主宅邸啊。”他说道。土阿禾，不是他的名字。骨头海豚，骨头动物，骨头孩子。

“大法师大爷。”他深深鞠个躬，格得依样回礼。

“还有峨团的恬娜女士！”他对她鞠个更深的躬，而她当场跪在路中间，头向下伏低，直到双手平贴尘土，甚至嘴巴也紧贴到尘土上。

“现在爬过来。”他说道，她开始朝他爬去。

“停。”他说，而她停止。

“你们会说话吗？”他问。她什么都没说，嘴里涌不出字句，但格得以一贯的静谧声音回道：“会。”

“怪物在哪？”

“我不知道。”

“我以为女巫会把她的使役小鬼一起带来。但她带了你，大法师雀鹰大爷。多美妙的替代品啊！我只能为这世界除净所有女巫及怪物，但是对你，曾经是个人的你，我可以谈话。你至少能够理智地对话，同时有能力了解惩罚的意义。我想你以为你已经安全了，你选的王安坐在王位上，而我的主人，我们的主人，被毁灭。你以为一切尽遂你意，永生的承诺已经被毁，对不对？”

“不对。”格得的声音说道。

她看不到他们。她只看得到面前的道路，尝到它的味道。她听见格得说话，他说道：“唯死亡，得再生。”

“呱，呱，唱诗歌，柔克师父，学校师父！多好笑的景象啊，伟大的大法师穿得像牧羊人，内在毫无一丝魔法、毫无一字力量。你会念咒吗，大法师？小咒语就好，小小的幻象咒语？不会？一个字也不会？我的主人打败了你。你现在知道了吗？你没有征服他。他的力量依然活着！我可能会让你多活一会儿，见识这份力量，我的力量。见识那位老头，我让他免于死亡，必要时还可以拿你的命来用。还能看你那多事的王自取其辱，他那些娘娘腔的朝臣，愚蠢的巫师，居然在找个女人！找个女人来统治我们！但规矩在这里，主宰在这里，这里，在这大屋里。这一年来，我不断吸引他人前来，那些知晓真正力量的男人。有些从柔克来，就从那些学校师父的鼻子底下离开；还有从黑弗诺来的，就从那个所谓的莫瑞德之子的鼻子底下离开。那个王想让女人宰制他，以为自己安全到能以真名昭天下。你知道我的名字吗，大法师？你记得我吗？四年前，你还是伟大的法师之尊，而我只是柔克的一个普通学生？”

“你叫白杨。”充满耐心的声音说道。

“我的真名呢？”

“我不知道你的真名。”

“什么？你不知道？你找不出来吗？法师不是知晓一切真名吗？”

“我不是法师。”

“喔，再说一遍。”

“我不是法师。”

“我喜欢听你说。再说一次。”

“我不是法师。”

“但我是！”

“是的！”

“说！”

“你是法师！”

“这比我想象得还要好！我想捕小虾，却抓到大鱼！来吧，来见见我的朋友。你可以用走的，她可以用爬的。”

他们走在往锐亚白领主宅邸的路上，进了屋，恬娜四肢贴地爬在路上，爬上通往大门的大理石阶梯，爬过大厅及房间的大理石走廊。

屋里一片黑暗。黑暗中，恬娜脑海也是一片黑暗，她愈来愈不了解他人言语，只能清楚听到某些字句及声音。她听得懂格得说的话，他说话时，她想着他的名字，牢牢地在脑海里抓住。但他很少说话，只是回答那个不叫土阿禾的人。那人偶尔会对她说话，叫她母狗。“这是我的新宠物。”他对别人说，其中几个站在蜡烛投下阴影所形成之黑暗中，“你们看我把她训练得多好！打滚，母狗！”她打个滚，男人们笑了。

“她有只小狗，”他说道，“我本来打算完成对她的惩罚，因为她只烧坏了一半，不过她带来给我的，是一只她抓到的鸟儿，一只雀鹰。明天，我们来教他如何飞翔。”

其他声音说出字词，但她再也无法理解。

某样东西系上她的颈项，然后她被逼着爬上更多台阶，进到一间满是尿味、腐烂的肉味和花香味的房间。有声音在说话。一只石头般冰冷的手衰弱地敲她的头，有个东西大笑，“呵、呵、呵”，仿佛一扇来回吱嘎的老旧木门。有人踢了她，要她沿厅堂向前爬行。她爬得不够快，所以胸脯及口唇遭受踢击。然后一扇门轰然关起，沉默，黑暗。她听到有人哭泣，想到那是孩子，她的孩子。她想要孩子别哭。终于，哭泣停止。

第十四章

恬哈弩

TEHANU

孩子左转前行一段距离后，方才回头，让那些开花的灌木隐藏住她的身影。

名唤白杨，真名是隘锐森的人，在她眼里是一束分叉扭曲的黑暗，束缚着她的母亲与父亲，用皮条穿过她的舌与他的心，牵着他们去往他的藏身之所。那地方的味道令她作呕，但她还是跟随了一段路程，好看看这个人究竟要做什么。他牵着他们穿过一扇门，将门关上。地板是石头做的。她进不去。

她需要飞翔，但她无法飞翔。她不属于翼族。

她全速跑过田野，经过蘑丝阿姨的家，经过欧吉安的屋子、羊舍，沿着悬崖边的道路奔跑，直到悬崖边缘，一个她不该去的地方，因为她只有独眼。她很小心，小心地用那只眼睛看着。她站在悬崖边。水在很远的下方，太阳正在远处逐渐落下。她用另一只眼望向西方，用另一个声音，呼唤她母亲在梦里喊的那个名字。

她没留下来等待回应，而是再度转回原路，先到欧吉安的屋子，看看她的小桃树是否长大。老树结了许多又小又绿的桃子，但小树苗还毫无影迹。也许被羊吃掉了，或因为她没浇水，所以死掉了。她伫立片刻，望着那块地，深吸一口气，然后再度穿过田园，来到蘑丝阿姨的房子。

正要进窝歇息的鸡群咯咯呼叫，拍动翅膀，抗议她进入。屋内阴暗，充填各种气味。“蘑丝阿姨？”她以给这些人听的声音说道。

“是谁？”

老妇在床上躲着。她很害怕，试图以身边的石头挡开所有人，但徒劳无功，她不够强。

“是谁？谁在那儿？喔，亲爱的……亲爱的孩子，我的小烧儿，我的漂漂，你在这里做什么？她在哪里？她在哪里？你妈妈，噢，她在这里吗？她来了吗？不要进来，不要进来，亲爱的，他诅咒了老太婆，不要靠近我！不要靠近！”

她哭泣。孩子伸出手，碰触她。“你好冷。”她说道。

“你像火一样，孩子，你的手燃烧我。喔，不要看我！他令我的肉体腐烂，干枯，又再度腐烂，但他不让我死……他说我会把你带来这儿。我想死，我试了，但他擒住我，他不顾我的意志，他让我活，王让我死，喔，让我死吧！”

“你不该死。”孩子说道，蹙起眉头。

“孩子，”老妇悄声道，“孩子……叫我的真名。”

“哈碧。”孩子说道。

“啊。我就知道……放我自由，亲爱的！”

“我必须等，”孩子说，“直到他们来。”

女巫躺在那里，感觉舒服了些，呼吸也不那么痛苦了。

“直到谁来，亲爱的？”她悄声问。

“我的族人。”

女巫宽大冰冷的手像一捆木柴般躺在她手中。她紧紧地握着。现在，屋里与屋外一般漆黑。哈碧，又叫作蘑丝，睡着了，渐渐地，孩子坐在地板上，小床边，附近还栖着一只母鸡，也睡着了。

天放亮的时候，那些人来了。他说：“起来，母狗！起来！”她爬起，四肢跪地。他大笑，说道：“站起来！你是只聪明的母狗，会用后脚走路，对不对？这就对了。假装是人！我们有段路要赶。来吧！”皮带依然套在她的脖子上，他用力一扯。她尾随在后。

“拿着，你来牵她。”他说道，把皮带交给那人，她爱的人，但她再也不知道他的名字。

一行人从那个阴暗的地方出来。石头张开大口，让他们通过，随即合上。

他一直紧跟在她与握着皮带的人旁边。其余三四个男人尾随在后。

田野是灰蒙蒙的，浸满露珠，山峰阴暗地映照着苍茫的天空，鸟雀开始在果园及灌木篱上唱歌，声音愈来愈响亮。

一行人走到世界边缘，沿着那里走了一会儿，来到一处地面全是裸岩、边缘十分狭窄的地方。裸岩中有条线，她直直地看着它。

“他可以把她推下去，”他说，“然后鹰可以独自飞翔。”

他从她颈上解下皮带。

“站在边缘。”他说道。她沿着石头上的痕迹，走到边缘。除了海洋，她的下方尽是空无。而前方是一片空气。

“现在，雀鹰会推她一把，”他说，“但首先，或许她想说点什么。她有好多话想说，女人一向都有。你难道没什么想跟我们说吗，恬娜女士？”

她无法说话，但指向海上的天空。

“信天翁。”他说道。

她放声大笑。

在光的鸿沟之中，从天空之道，龙飞临了，火焰延烧在卷曲覆鳞的身后。恬娜此时发声。

“凯拉辛！”她高喊，然后转身，握住格得的手臂，拉扯他伏低在岩石上。随即，越过他们冲来了一道炽焰，鳞甲铿锵，双翅高举，风声嘶鸣，镰刀般的利爪一声轰锵陷入岩石之中。

风从海上吹来。在离她手不远处的岩缝里长出的细小荆棘，在海风的吹拂下不断摇曳。

格得在她身边，两人肩并肩地蹲着，身后是海，面前是龙。

它以一只狭长的金黄的眼睛斜望着他们。

格得以沙哑颤抖的声音，说出龙语。恬娜明白，他的话只是简单的“我们感谢您，至寿者”。

凯拉辛看着恬娜，以铁帚拖曳过大锣般的巨声开口道：“阿罗·恬哈弩？”

“孩子，”恬娜说道，“瑟鲁！”她站起身，正要奔去寻找她的孩子，便看到她沿着高山及大海间的岩崖，朝龙走来。

“瑟鲁，别跑！”她大喊，但孩子已经看到她，直朝她奔来。两人紧紧相拥。

龙转过它深铁锈红的巨大头颅，好以两眼看着她们。水壶大的鼻孔里闪耀着火焰，一缕缕细烟旋转着飘了出来。龙体的热度强烈地冲击着冰冷的海风。

“恬哈弩。”龙说道。

孩子转头看它。

“凯拉辛。”她说道。

一直跪着的格得摇摇摆摆地站起身，紧握恬娜的手臂好稳住脚步。他大笑。“吾知孰唤汝矣，至寿者！”他说道。

“是我，”孩子说道，“我想不出别的方法，兮果乙。”

她依然望着龙，一面以龙语——创生天地的字词——说道。

“甚好，少儿，”龙说道，“吾久寻汝未得矣。”

“我们现在要去那边了吗？”孩子问，“到其余龙的所在之处，到他风之上？”

“汝愿离此间诸辈？”

“不，”孩子说，“他们不能去吗？”

“彼等不可，其命系此。”

“我要跟他们留在这里。”她说道，稍稍哽咽。

凯拉辛转过头，吐出巨大热流，也许是笑声、欣悦，或鄙视、怒气……“哈！”然后，再次看着孩子，“甚佳。汝于此之务未成。”

“我知道。”孩子说道。

“吾当归返迎汝，”凯拉辛说，“静待时日。”然后，对格得及恬娜说道，“吾以吾子托汝，如汝将以汝子托吾。”

“静待时日。”恬娜说道。

凯拉辛巨硕的头颅微微轻点，含有剑齿的长长嘴角卷起。

龙掉转身躯，格得、恬娜及瑟鲁退开。龙拖曳盔甲划过岩崖，仔细放置带有利爪的双足，像猫儿般缩集黑色的腰背，腾跃。经络纵横的双翅在曙光中赤红爆起，多棘尾巴在岩石上嘶嘶作响，飞行，消失，如一只海鸥、一只燕雀、一抹思念。

它曾在之处，散落着焦黑布片、皮块及其他东西。

“走吧。”格得说道。

但女人及孩子伫立，看着这些东西。

“他们是骨头人。”瑟鲁说道。她转身跑开，沿着狭窄小径，走在男子及女子之前。

“她的祖语，”格得说，“她的母语。”

“恬哈弩，”恬娜说，“她的真名是恬哈弩。”

“真名的赐予者，赐予她真名。”

“她从最初就是恬哈弩。一直都是恬哈弩。”

“快来！”孩子说道，回头望着他们。“蘑丝阿姨病了。”

他们将蘑丝搬到户外的光亮及空气中，洗净她的溃伤，焚烧污秽的床单。瑟鲁从欧吉安的屋内拿来干净的寝具。她同时带来牧羊女石南，在石南的帮助之下，大家让老妇陪着她的鸡群，舒服地躺回床上，石南答应去找点东西回来给大家吃。

“要有人去弓忒港，”格得说，“找当地的巫师来照顾蘑丝，她还有救。还要去宅邸。那老人现在会死，只要房子好好净化，孙子可能活得下去……”他坐在蘑丝屋前台阶上，仰头靠在门框旁，迎着阳光闭起眼睛，“我们因何为所为？”他说道。

恬娜正用她从水泵打起的一盆水洗脸、洗手、洗胳膊，接着环顾四周。格得精疲力竭，已然睡去，脸庞微映晨光。她靠着他在台阶上坐下，头靠在他的肩膀。我们被赦免了吗？她想。我们为什么被赦免？

她低头看格得的手松弛地摊张在土阶上。她想到风中摇曳的荆棘，还有龙的锋利脚爪，带有红色及金色鳞片。孩子坐在她身边时，她已半睡半醒。

“恬哈弩。”她喃喃道。

“小树死了。”孩子说道。

一会儿后，恬娜疲累困倦的神志才明白，然后努力清醒地回答：“老树上有桃子吗？”

两人悄悄说话，以免吵醒入睡的男子。

“只有小小的绿色果实。”

“长舞节过后，它们就会熟了。很快。”

“我们可以种一棵吗？”

“你想要的话，种再多也行。房子还好吗？”

“是空的。”

“我们要不要住在那儿？”她又清醒了一点，用手环着孩子，“我有钱，”她说，“足够买一群山羊，还有托比的冬季牧地——如果他还肯卖。格得知道该带它们到山上哪里。夏天……不知道我们梳下的羊毛还在不在？”她说，一面想到，我们留下了书，欧吉安的书！在橡木农庄的壁炉柜上，留给星火，可怜的孩子，他半个字都不会念！

但这一切好像都无所谓。一定有新的事物等待学习。如果格得要，她可以派人去拿书。还有她的纺轮。或许明年秋天她可以自己下山去见见儿子，拜访云雀，与艾苹小住。如果今夏他们想要有自己的蔬菜，得立刻重新栽种欧吉安的农园。她想着一排排长豆与豆荚花的香气，想着面西的小窗。“我想我们可以住在那儿。”她说。

读客®

科幻文库

跟着读客读科幻，经典科幻全看遍

太空歌剧、赛博朋克、奇幻史诗……

中国、美国、英国、俄罗斯、波兰、加拿大、日本、牙买加……

读客汇聚雨果奖、星云奖、轨迹奖获奖作品

精挑细选顶尖的科幻奇幻经典

陪伴读者一起探索人类文明的过去、现在和未来

亿亿万万年，直至宇宙尽头

图书在版编目（CIP）数据

地海传奇4：地海孤儿 / (美) 勒古恩（Le Guin,U.K.）著；段宗忱译. -- 南京：江苏文艺出版社, 2013.11（2023.12重印）
（读客全球顶级畅销小说文库）
ISBN 978-7-5399-6663-2

Ⅰ. ①地… Ⅱ. ①勒… ②段… Ⅲ. ①长篇小说－美国－现代 Ⅳ. ①I712.45

中国版本图书馆CIP数据核字 (2013) 第238810号

地海传奇4：地海孤儿

［美］厄休拉·勒古恩 著　　段宗忱 译

责任编辑　丁小卉
特约编辑　曲文迪　孟汇一
封面设计　陈　昭
责任印制　刘　巍
出版发行　江苏凤凰文艺出版社
　　　　　南京市中央路165号，邮编：210009
网　　址　http://www.jswenyi.com
印　　刷　三河市龙大印装有限公司
开　　本　890毫米×1270毫米 1/32
印　　张　9
字　　数　157千字
版　　次　2013年12月第1版
印　　次　2023年12月第16次印刷
标准书号　ISBN 978-7-5399-6663-2
定　　价　39.90元